DU MÊME AUTEUR

Aux Éditions Gallimard

LA PLACE DE L'ÉTOILE, *roman*. Nouvelle édition revue et corrigée en 1995 (« Folio », *n° 698*).

LA RONDE DE NUIT, *roman* (« Folio », *n° 835*).

LES BOULEVARDS DE CEINTURE, *roman* (« Folio », *n° 1033*).

VILLA TRISTE, *roman* (« Folio », *n° 953*).

EMMANUEL BERL, INTERROGATOIRE *suivi de* IL FAIT BEAU ALLONS AU CIMETIÈRE. *Interview, préface et postface de Patrick Modiano* (« Témoins »).

LIVRET DE FAMILLE (« Folio », *n° 1293*).

RUE DES BOUTIQUES OBSCURES, *roman* (« Folio », *n° 1358*).

UNE JEUNESSE, *roman* (« Folio », *n° 1629*; « Folio Plus », *n° 5*, avec notes et dossier par Marie-Anne Macé).

DE SI BRAVES GARÇONS (« Folio », *n° 1811*).

QUARTIER PERDU, *roman* (« Folio », *n° 1942*).

DIMANCHES D'AOÛT, *roman* (« Folio », *n° 2042*).

UNE AVENTURE DE CHOURA, *illustrations de Dominique Zehrfuss* (« Albums Jeunesse »).

UNE FIANCÉE POUR CHOURA, *illustrations de Dominique Zehrfuss* (« Albums Jeunesse »).

VESTIAIRE DE L'ENFANCE, *roman* (« Folio », *n° 2253*).

VOYAGE DE NOCES, *roman* (« Folio », *n° 2330*).

UN CIRQUE PASSE, *roman* (« Folio », *n° 2628*).

DU PLUS LOIN DE L'OUBLI, *roman* (« Folio », *n° 3005*).

DORA BRUDER (« Folio », *n° 3181*; « La Bibliothèque Gallimard », *n° 144*).

DES INCONNUES (« Folio », *n° 3408*).

LA PETITE BIJOU, *roman* (« Folio », *n° 3766*).

ACCIDENT NOCTURNE, *roman* (« Folio », *n° 4184*).

UN PEDIGREE (« Folio », *n° 4377*).

TROIS NOUVELLES CONTEMPORAINES, *avec Marie NDiaye et Alain Spiess*, lecture accompagnée par Françoise Spiess (« La Bibliothèque Gallimard », *n° 174*).

Suite des œuvres de Patrick Modiano en fin de volume

POUR QUE TU NE TE PERDES PAS
DANS LE QUARTIER

PATRICK MODIANO

POUR QUE
TU NE TE PERDES PAS
DANS LE QUARTIER

roman

GALLIMARD

Il a été tiré de l'édition originale de cet ouvrage
cent soixante exemplaires sur vélin rivoli
des papeteries Arjowiggins numérotés de 1 à 160.

Je ne puis pas donner la réalité des faits, je n'en
puis présenter que *l'ombre*.

STENDHAL

Presque rien. Comme une piqûre d'insecte qui vous semble d'abord très légère. Du moins c'est ce que vous vous dites à voix basse pour vous rassurer. Le téléphone avait sonné vers quatre heures de l'après-midi chez Jean Daragane, dans la chambre qu'il appelait le « bureau ». Il s'était assoupi sur le canapé du fond, à l'abri du soleil. Et ces sonneries qu'il n'avait plus l'habitude d'entendre depuis longtemps ne s'interrompaient pas. Pourquoi cette insistance ? À l'autre bout du fil, on avait peut-être oublié de raccrocher. Enfin, il se leva et se dirigea vers la partie de la pièce près des fenêtres, là où le soleil tapait trop fort.

« J'aimerais parler à M. Jean Daragane. »

Une voix molle et menaçante. Ce fut sa première impression.

« Monsieur Daragane ? Vous m'entendez ? »

Daragane voulut raccrocher. Mais à quoi bon ? Les sonneries reprendraient, sans jamais s'interrompre. Et, à moins de couper définitivement le fil du téléphone...

« Lui-même.

— C'est au sujet de votre carnet d'adresses, monsieur. »

Il l'avait perdu le mois dernier dans un train qui l'emmenait sur la Côte d'Azur. Oui, ce ne pouvait être que dans ce train. Le carnet d'adresses avait sans doute glissé de la poche de sa veste au moment où il en sortait son billet pour le présenter au contrôleur.

« J'ai trouvé un carnet d'adresses à votre nom. »

Sur sa couverture grise était écrit : EN CAS DE PERTE RENVOYER CE CARNET À. Et Daragane, un jour, machinalement, y avait écrit son nom, son adresse et son numéro de téléphone.

« Je vous le rapporte à votre domicile. Le jour et l'heure que vous voudrez. »

Oui, décidément, une voix molle et menaçante. Et même, pensa Daragane, un ton de maître chanteur.

« Je préférerais que nous nous rencontrions à l'extérieur. »

Il avait fait un effort pour surmonter son malaise. Mais sa voix, qu'il aurait voulu indifférente, lui sembla brusquement une voix blanche.

« Comme vous voudrez, monsieur. »

Il y eut un silence.

« C'est dommage. Je suis tout près de chez vous. J'aurais aimé vous le remettre en main propre. »

Daragane se demanda si l'homme ne se tenait pas devant l'immeuble et s'il ne resterait pas là, en guettant sa sortie. Il fallait se débarrasser de lui au plus vite.

« Voyons-nous demain après-midi, finit-il par dire.

— Si vous voulez. Mais alors, près de mon lieu de travail. Du côté de la gare Saint-Lazare. »

Il était sur le point de raccrocher, mais il garda son sang-froid.

« Vous connaissez la rue de l'Arcade ? demanda l'autre. Nous pourrions nous retrouver dans un café. Au 42, rue de l'Arcade. »

Daragane nota l'adresse. Il reprit son souffle et dit :

« Très bien, monsieur. Au 42, rue de l'Arcade, demain, à cinq heures du soir. »

Puis il raccrocha sans attendre la réponse de son interlocuteur. Il regretta aussitôt de s'être comporté de manière aussi brutale, mais il mit cela au compte de la chaleur qui pesait sur Paris depuis quelques jours, une chaleur inhabituelle pour le mois de septembre. Elle renforçait sa solitude. Elle l'obligeait à rester enfermé dans cette chambre jusqu'au coucher du soleil. Et puis, le téléphone n'avait plus sonné depuis des mois. Et le portable, sur son bureau, il se demanda quand il l'avait utilisé pour la dernière fois. Il savait à peine s'en servir et se trompait souvent quand il appuyait sur les touches.

Si l'inconnu n'avait pas téléphoné, il aurait oublié pour toujours la perte de ce carnet. Il tentait de se souvenir des noms qui y figuraient. La semaine précédente, il voulait même le reconstituer et, sur une feuille blanche, il avait commencé à dresser une liste. Au bout d'un instant, il avait déchiré la feuille. Aucun des noms n'appartenait aux personnes qui avaient compté dans sa vie et dont il n'avait jamais eu besoin de noter les adresses et les numéros de téléphone. Il les savait par cœur. Sur ce carnet, rien que des relations dont on dit qu'elles sont « d'ordre professionnel », quelques adresses prétendument utiles, pas plus d'une trentaine de noms. Et parmi eux plusieurs qu'il aurait fallu supprimer, parce qu'ils n'avaient plus cours. La seule chose qui l'avait préoccupé après la perte du carnet c'était d'y avoir mentionné son nom à lui, et son adresse. Bien sûr, il pouvait ne pas donner suite et laisser cet individu attendre vainement au 42, rue de l'Arcade. Mais alors, il resterait toujours quelque chose en suspens, une menace. Il avait souvent rêvé, au creux de certains après-midi de solitude, que le téléphone sonnerait et qu'une voix douce lui donnerait rendez-vous. Il se rappelait le titre d'un roman qu'il avait lu : *Le Temps des rencontres*. Peut-être ce temps-là n'était-il pas encore fini pour lui. Mais la voix de tout à l'heure ne lui inspirait pas confiance. À la fois molle et menaçante, cette voix. Oui.

Il demanda au chauffeur de taxi de le laisser à la Madeleine. Il faisait moins chaud que les autres jours et l'on pouvait marcher à condition de choisir le trottoir de l'ombre. Il suivait la rue de l'Arcade, déserte et silencieuse sous le soleil.

Il ne s'était pas trouvé dans ces parages depuis une éternité. Il se souvint que sa mère jouait dans un théâtre des environs et que son père occupait un bureau tout au bout de la rue, à gauche, au 73, boulevard Haussmann. Il fut étonné d'avoir encore en mémoire le numéro 73. Mais tout ce passé était devenu si translucide avec le temps... une buée qui se dissipait sous le soleil.

Le café était à l'angle de la rue et du boulevard Haussmann. Une salle vide, un long comptoir surmonté d'étagères, comme dans un self-service ou un ancien Wimpy. Daragane s'assit à l'une des tables du fond. Cet inconnu viendrait-il au rendez-vous ? Les deux portes étaient ouvertes, l'une sur la rue et l'autre sur le boulevard, à cause de la chaleur. De l'autre côté de la rue, le grand immeuble du 73... Il se demanda si l'une des fenêtres du bureau de son père ne donnait pas de ce côté-là. À quel étage ? Mais ces souvenirs se dérobaient à lui au fur et à mesure, comme des bulles de savon ou les lambeaux d'un rêve qui se volatilisent au réveil. Sa mémoire aurait été plus vivace dans le café rue des Mathurins, devant le théâtre, là où il attendait sa mère, ou aux alentours de la gare Saint-Lazare, une zone qu'il avait beaucoup fréquentée autrefois. Mais non. Certainement pas. Ce n'était plus la même ville.

« Monsieur Jean Daragane ? »

Il avait reconnu la voix. Un homme d'une quarantaine d'années se tenait devant lui, accompagné d'une fille plus jeune que lui.

« Gilles Ottolini. »

C'était la même voix, molle et menaçante. Il désignait la fille :

« Une amie... Chantal Grippay. »

Daragane demeurait sur la banquette, immobile, sans même leur tendre la main. Ils s'assirent tous deux, en face de lui.

« Veuillez nous excuser... Nous sommes un peu en retard... »

Il avait pris un ton ironique, sans doute pour se donner une contenance. Oui, c'était la même voix avec un léger, presque imperceptible, accent du Midi que Daragane n'avait pas remarqué la veille au téléphone.

Une peau couleur ivoire, des yeux noirs, un nez aquilin. Le visage était mince, aussi coupant de face que de profil.

« Voilà votre bien », dit-il à Daragane, sur le même ton ironique qui semblait cacher une certaine gêne.

Et il sortit de la poche de sa veste le carnet d'adresses. Il le posa sur la table en le couvrant de la paume de la main, les doigts écartés. On aurait dit qu'il voulait empêcher Daragane de le prendre.

La fille se tenait légèrement en retrait, comme si elle ne voulait pas attirer l'attention sur elle, une brune d'une trentaine d'années, les cheveux mi-longs. Elle portait une chemise et un pantalon noirs. Elle jeta un regard inquiet sur Daragane. À cause de ses pommettes et de ses yeux bridés, il se demanda si elle n'était pas d'origine vietnamienne – ou chinoise.

« Et où avez-vous trouvé ce carnet ?

16

— Par terre, sous une banquette du buffet de la gare de Lyon. »

Il lui tendit le carnet d'adresses. Daragane l'enfonça dans sa poche. En effet, il se souvint que le jour de son départ pour la Côte d'Azur il était arrivé en avance à la gare de Lyon et qu'il s'était assis au buffet du premier étage.

« Vous voulez boire quelque chose ? » demanda le dénommé Gilles Ottolini.

Daragane eut envie de leur fausser compagnie. Mais il se ravisa.

« Un Schweppes.

— Essaie de trouver quelqu'un pour prendre la commande. Ce sera un café pour moi », dit Ottolini, en se tournant vers la fille.

Celle-ci se leva aussitôt. Apparemment, elle avait l'habitude de lui obéir.

« Ça devait être gênant pour vous d'avoir perdu ce carnet... »

Il sourit d'un drôle de sourire qui sembla à Daragane insolent. Mais c'était peut-être de sa part de la maladresse ou de la timidité.

« Vous savez, dit Daragane, je ne téléphone pratiquement plus. »

L'autre lui jeta un regard étonné. La fille revenait vers leur table et reprit sa place.

« Ils ne servent plus à cette heure. Ils vont fermer. »

C'était la première fois que Daragane entendait la voix de cette fille, une voix rauque et qui n'avait pas le léger accent du Midi de son voisin. Plutôt l'accent parisien, si cela signifie encore quelque chose.

« Vous travaillez dans le coin ? demanda Daragane.

— Dans une agence de publicité, rue Pasquier. L'agence Sweerts.

— Et vous aussi ? »

Il s'était tourné vers la fille.

« Non », dit Ottolini sans laisser le temps de répondre à la fille. « Elle ne fait rien pour le moment. » Et de nouveau ce sourire crispé. La fille aussi esquissait un sourire.

Daragane avait hâte de prendre congé. S'il ne le faisait pas tout de suite, parviendrait-il à se débarrasser d'eux ?

« Je vais être franc avec vous... » Il se penchait vers Daragane, et sa voix était plus aiguë.

Daragane éprouva le même sentiment que la veille, au téléphone. Oui, cet homme avait une insistance d'insecte.

« Je me suis permis de feuilleter votre carnet d'adresses... une simple curiosité... »

La fille avait tourné la tête, comme si elle feignait de ne pas entendre.

« Vous ne m'en voulez pas ? »

Daragane le regarda droit dans les yeux. L'autre soutenait son regard.

« Pourquoi vous en voudrais-je ? »

Un silence. L'autre avait fini par baisser les yeux. Puis, avec la même voix métallique :

« Il y a quelqu'un dont j'ai trouvé le nom dans

18

votre carnet d'adresses. J'aimerais que vous me donniez des renseignements sur lui... »

Le ton était devenu plus humble.

« Excusez mon indiscrétion...

— De qui s'agit-il ? » demanda Daragane à contrecœur.

Il éprouvait brusquement le besoin de se lever et de marcher à pas rapides vers la porte ouverte sur le boulevard Haussmann. Et de respirer à l'air libre.

« D'un certain Guy Torstel. »

Il avait prononcé le prénom et le nom en articulant bien les syllabes, comme pour éveiller la mémoire assoupie de son interlocuteur.

« Vous dites ?

— Guy Torstel. »

Daragane sortit de sa poche le carnet d'adresses et l'ouvrit à la lettre *T*. Il lut le nom, tout en haut de la page, mais ce Guy Torstel n'évoquait rien pour lui.

« Je ne vois pas qui ça peut être.

— Vraiment ? »

L'autre paraissait déçu.

« Il y a un numéro de téléphone à sept chiffres, dit Daragane. Ça doit dater d'au moins une trentaine d'années... »

Il tourna les pages. Tous les autres numéros de téléphone étaient bien ceux d'aujourd'hui. À dix chiffres. Et ce carnet d'adresses, il ne s'en servait que depuis cinq ans.

« Ce nom ne vous dit rien ?

— Non. »

Quelques années auparavant, il aurait fait preuve de cette amabilité que tout le monde lui reconnaissait. Il aurait dit : « Laissez-moi un peu de temps pour éclaircir le mystère... » Mais les mots ne venaient pas.

« C'est à cause d'un fait divers sur lequel j'ai réuni pas mal de documentation, reprit l'autre. Ce nom est cité. Voilà... »

Il paraissait brusquement sur la défensive.

« Quel genre de fait divers ? »

Daragane avait posé la question machinalement, comme s'il retrouvait ses vieux réflexes de courtoisie.

« Un très ancien fait divers... Je voudrais écrire un article là-dessus... Au début, je faisais du journalisme, vous savez... »

Mais l'attention de Daragane se relâchait. Il devait vraiment leur fausser compagnie au plus vite, sinon cet homme allait lui raconter sa vie.

« Je suis désolé, lui dit-il. J'ai oublié ce Torstel... À mon âge, on a des pertes de mémoire... Je dois malheureusement vous quitter... »

Il se leva et leur serra la main à tous les deux. Ottolini lui jeta un regard dur, comme si Daragane l'avait injurié et qu'il était prêt à répliquer d'une manière violente. La fille, elle, avait baissé les yeux.

Il marcha vers la porte vitrée grande ouverte qui donnait sur le boulevard Haussmann en espérant que l'autre ne lui barrerait pas le passage. Dehors, il respira à pleins poumons. Quelle drôle d'idée, ce rendez-vous avec un inconnu, lui qui n'avait vu personne depuis trois mois et qui ne s'en portait pas plus mal... Au contraire. Dans cette solitude, il ne s'était jamais senti aussi léger, avec de curieux moments d'exaltation le matin ou le soir, comme si tout était encore possible et que, selon le titre du vieux film, l'aventure était au coin de la rue... Jamais, même durant les étés de sa jeunesse, la vie ne lui avait paru aussi dénuée de pesanteur que depuis le début de cet été-là. Mais l'été, tout est en suspens – une saison « métaphysique », lui disait jadis son professeur de philosophie, Maurice Caveing. C'est drôle, il se rappelait le nom « Caveing » et il ne savait plus qui était ce Torstel.

Il y avait encore du soleil, et une légère brise atténuait la chaleur. À cette heure-là, le boulevard Haussmann était désert.

Au cours des cinquante dernières années, il était souvent passé par là, et même dans son enfance, quand sa mère l'emmenait, un peu plus haut sur le boulevard, au grand magasin du Printemps. Mais ce soir, cette ville lui semblait étrangère. Il avait largué toutes les amarres qui pouvaient encore le relier à elle, ou bien c'est elle qui l'avait rejeté.

Il s'assit sur un banc et sortit le carnet d'adresses de sa poche. Il s'apprêtait à le déchirer et à en éparpiller les morceaux dans la corbeille de plastique vert à côté du banc. Mais il hésita. Non, il le ferait tout à l'heure, chez lui, en toute tranquillité. Il feuilleta distraitement le carnet. Parmi ces numéros de téléphone, pas un seul qu'il aurait eu envie de composer. Et puis, les deux ou trois numéros manquants, ceux qui avaient compté pour lui et qu'il savait encore par cœur, ne répondraient plus.

Vers neuf heures du matin, le téléphone sonna. Il venait de se réveiller.

« Monsieur Daragane ? Gilles Ottolini. »

La voix lui parut moins agressive que la veille.

« Je suis désolé pour hier... j'ai l'impression que je vous ai importuné... »

Le ton était courtois, et même déférent. Plus du tout cette insistance d'insecte qui avait tant gêné Daragane.

« Hier... j'ai voulu vous rattraper dans la rue... Vous êtes parti si brutalement... »

Un silence. Mais celui-ci n'était pas menaçant.

« Vous savez, j'ai lu quelques-uns de vos livres. En particulier *Le Noir de l'été*... »

Le Noir de l'été. Il mit quelques secondes avant de réaliser qu'il s'agissait, en effet, d'un roman qu'il avait écrit, jadis. Son premier livre. C'était si loin...

« J'ai beaucoup aimé *Le Noir de l'été*. Ce nom qui figure dans votre carnet d'adresses et dont nous avons parlé... Torstel... vous l'avez utilisé dans *Le Noir de l'été*. »

Daragane n'en avait aucun souvenir. Pas plus d'ailleurs que du reste du livre.

« Vous en êtes sûr ?

— Vous ne faites que citer ce nom...

— Il faudrait que je relise *Le Noir de l'été*. Mais je n'en ai plus un seul exemplaire.

— Je pourrais vous prêter le mien. »

Le ton parut à Daragane plus sec, presque insolent. Il se trompait, sans doute. À cause d'une trop longue solitude – il n'avait parlé à personne depuis le début de l'été –, vous devenez méfiant et ombrageux vis-à-vis de vos semblables et vous risquez de commettre à leur égard une erreur d'appréciation. Non, ils ne sont pas aussi méchants que ça.

« Hier, nous n'avons pas eu le temps d'entrer dans les détails... Mais qu'est-ce que vous lui voulez donc à ce Torstel...? »

Daragane avait retrouvé sa voix enjouée. Il suffisait de parler avec quelqu'un. C'était un peu comme les mouvements de gymnastique qui vous rendent votre souplesse.

« Apparemment il est mêlé à un ancien fait divers... La prochaine fois que nous nous verrons, je vous montrerai tous les documents... Je vous ai dit que j'écrivais un article là-dessus... »

Ainsi, cet individu désirait le revoir. Pourquoi pas ? Depuis quelque temps il éprouvait une certaine réticence à la pensée que de nouveaux venus puissent entrer dans sa vie. Mais, à d'autres moments, il se

sentait encore disponible. Cela dépendait des jours.
Il finit par lui dire :

« Alors, qu'est-ce que je peux faire pour vous ?

— Je dois m'absenter deux jours à cause de mon travail. Je vous téléphone à mon retour. Et nous prenons rendez-vous.

— Si vous voulez. »

Il n'était plus dans les mêmes dispositions qu'hier. Il avait sans doute été injuste avec ce Gilles Ottolini, et l'avait vu sous un mauvais jour. Cela tenait à la sonnerie de téléphone de l'autre après-midi qui l'avait sorti brutalement de son demi-sommeil... Une sonnerie si rare depuis quelques mois qu'elle lui avait fait peur et lui avait semblé aussi menaçante que si l'on était venu frapper à sa porte à l'aube.

Il n'avait pas envie de relire *Le Noir de l'été*, quand bien même cette lecture lui donnerait l'impression que le roman avait été écrit par un autre. Il demanderait tout simplement à Gilles Ottolini de lui photocopier les pages où il était question de Torstel. Cela suffirait-il à évoquer quelque chose pour lui ?

Il ouvrit son carnet à la lettre *T*, souligna au stylo bille bleu « Guy Torstel 423 40 55 » et ajouta à côté du nom un point d'interrogation. Il avait recopié toutes ces pages d'après un ancien carnet d'adresses, en supprimant les noms des disparus et les numéros périmés. Et sans doute ce Guy Torstel s'était-il glissé tout en haut de la page à cause d'une minute d'inattention de sa part. Il faudrait retrouver l'ancien carnet d'adresses qui devait dater d'une trentaine d'années, et peut-être la mémoire lui reviendrait-elle quand il verrait ce nom parmi d'autres noms du passé.

Mais il n'avait pas le courage aujourd'hui de fouiller dans les armoires et les tiroirs. Encore moins de relire *Le Noir de l'été*. D'ailleurs, depuis quelque temps, ses lectures s'étaient réduites à un seul auteur : Buffon. Il y trouvait beaucoup de réconfort grâce à la limpidité du style et il regrettait de n'avoir pas subi son influence : écrire des romans dont les personnages auraient été des animaux, et même des arbres ou des fleurs... Si on lui avait demandé aujourd'hui quel écrivain il aurait rêvé d'être, il aurait répondu sans hésiter : un Buffon des arbres et des fleurs.

Le téléphone sonna dans l'après-midi, à la même heure que l'autre jour, et il pensa que c'était, de nouveau, Gilles Ottolini. Mais non, une voix féminine.

« Chantal Grippay. Vous vous souvenez ? Nous nous sommes vus hier avec Gilles... Je ne veux pas vous déranger... »

La voix était faible, brouillée par des grésillements.

Un silence.

« J'aimerais beaucoup vous voir, monsieur Daragane. Pour vous parler de Gilles... »

Maintenant, la voix était plus proche. Apparemment, cette Chantal Grippay avait vaincu sa timidité.

« Hier soir quand vous êtes parti, il a eu peur que vous ne soyez fâché contre lui. Il passe deux jours à Lyon pour son travail... Voulez-vous que nous nous voyions tous les deux en fin d'après-midi ? »

Le ton de cette Chantal Grippay avait pris de l'assurance, comme un plongeur qui a hésité quelques instants avant de se jeter à l'eau.

« Vers cinq heures, cela vous irait ? J'habite 118, rue de Charonne. »

Daragane nota l'adresse à la même page que celle où était écrit le nom : Guy Torstel.

« Au quatrième étage, au fond du couloir. C'est écrit en bas sur la boîte aux lettres. Elle est au nom de Joséphine Grippay, mais j'ai changé de prénom...

— Au 118, rue de Charonne. À six heures du soir... quatrième étage, répéta Daragane.

— Oui, c'est bien ça... Nous parlerons de Gilles... »

Après qu'elle eut raccroché, la phrase qu'elle venait de dire, « Nous parlerons de Gilles », résonnait dans la tête de Daragane comme la chute d'un alexandrin. Il faudrait qu'il lui demande pourquoi elle avait changé de prénom.

Un immeuble de brique, plus haut que les autres et légèrement en retrait. Daragane préféra monter les quatre étages à pied plutôt que de prendre l'ascenseur. Au fond du couloir, sur la porte, une carte de visite au nom de « Joséphine Grippay ». Le prénom « Joséphine » était barré et remplacé, à l'encre violette, par celui de « Chantal ». Il s'apprêtait à sonner mais la porte s'ouvrit. Elle était habillée en noir, comme l'autre jour au café.

« La sonnette ne marche plus, mais j'ai entendu le bruit de vos pas. »

Elle souriait et elle restait là, dans l'embrasure de la porte. On aurait cru qu'elle hésitait à le laisser entrer.

« Si vous voulez, nous pouvons aller prendre un verre à l'extérieur, dit Daragane.

— Mais pas du tout. Entrez. »

Une chambre de taille moyenne et, à droite, une porte ouverte. Elle donnait apparemment sur une salle de bains. Une ampoule pendait au plafond.

« Ce n'est pas grand ici. Mais nous y serons mieux pour parler. »

Elle se dirigea vers le petit bureau de bois clair, entre les deux fenêtres, prit la chaise et vint la poser à proximité du lit.

« Asseyez-vous. »

Elle s'assit elle-même sur le bord du lit, ou plutôt du matelas car le lit n'avait pas de sommier.

« C'est ma chambre... Gilles a trouvé quelque chose de plus grand pour lui dans le XVIIe, square du Graisivaudan. »

Elle levait la tête pour lui parler. Il aurait préféré s'asseoir par terre, ou à côté d'elle, sur le bord du lit.

« Gilles compte beaucoup sur vous pour l'aider à faire cet article... Vous savez, il a écrit un livre, mais il n'a pas osé vous le dire... »

Et elle se renversa sur le lit, tendit le bras et prit un volume à couverture verte sur la table de nuit.

« Voilà... Ne dites pas à Gilles que je vous l'ai prêté... »

Un mince volume intitulé *Le Flâneur hippique* dont le dos indiquait qu'il avait été publié trois ans auparavant aux éditions du Sablier. Daragane l'ouvrit et jeta un œil sur la table des matières. Le livre se composait de deux grands chapitres : « Champs de courses » et « École des jockeys ».

Elle le fixait de ses yeux légèrement bridés.

« Il vaut mieux qu'il ne sache pas que nous nous sommes vus tous les deux. »

Elle se leva, alla fermer l'une des fenêtres qui était entrouverte et s'assit de nouveau sur le bord du lit. Daragane eut l'impression qu'elle avait fermé cette fenêtre pour qu'on ne les entende pas.

« Avant de travailler chez Sweerts, Gilles écrivait des articles sur les courses et les chevaux dans des revues et des journaux spécialisés. »

Elle hésitait comme quelqu'un qui est prêt à faire une confidence.

« Quand il était très jeune, il a fait l'école des jockeys à Maisons-Laffitte. Mais c'était trop dur... il a dû abandonner... Vous verrez, si vous lisez le livre... »

Daragane l'écoutait attentivement. C'était étrange d'entrer aussi vite dans la vie des gens... Il pensait que cela ne lui arriverait plus à son âge, par lassitude de sa part et à cause de la sensation que les autres s'éloignent peu à peu de vous.

« Il m'a entraînée sur les champs de courses... Il m'a appris à jouer... C'est une drogue, vous savez... »

Elle paraissait triste, brusquement. Daragane se demanda si elle ne cherchait pas auprès de lui un appui quelconque, matériel ou moral. Et la gravité de ces derniers mots qui lui avaient traversé l'esprit lui donna envie de rire.

« Et vous allez toujours jouer sur les champs de courses ?

— De moins en moins depuis qu'il travaille chez Sweerts. »

Elle avait baissé la voix. Peut-être craignait-elle que Gilles Ottolini n'entre dans la chambre à l'improviste et ne les surprenne tous les deux.

« Je vous montrerai les notes qu'il a rassemblées pour son article... Peut-être vous avez connu tous ces gens...

— Quelles gens ?

— Par exemple la personne dont il vous a parlé... Guy Torstel... »

De nouveau, elle se renversa sur le lit et prit au bas de la table de nuit une chemise en carton bleu ciel qu'elle ouvrit. Elle contenait des pages dactylographiées et un livre qu'elle lui tendit : *Le Noir de l'été*.

« Je préfère que vous le gardiez, dit-il d'un ton sec.

— Il a marqué la page où vous citez ce Guy Torstel...

— Je lui demanderai de la photocopier. Ça m'évitera de relire le livre... »

Elle parut étonnée qu'il ne veuille pas relire son livre.

« Tout à l'heure, nous irons faire aussi une photocopie des notes qu'il a prises pour que vous l'em-
portiez avec vous. »

Et elle lui désignait les pages dactylographiées.

« Mais tout cela doit rester entre nous... »

Daragane se sentait un peu raide sur sa chaise et,
pour se donner une contenance, il feuilletait le livre
de Gilles Ottolini. Au chapitre « Champs de
courses », il tomba sur un mot imprimé en lettres
majuscules : LE TREMBLAY. Et ce mot provoqua
chez lui un déclic, sans qu'il sût très bien pourquoi,
comme si lui revenait peu à peu en mémoire un
détail qu'il avait oublié.

« Vous verrez... C'est un livre intéressant... »

Elle levait la tête vers lui et souriait.

« Vous habitez ici depuis longtemps ?

— Deux ans. »

Les murs beiges que l'on n'avait certainement
pas repeints depuis des années, le petit bureau, et
les deux fenêtres qui donnaient sur une cour... Il
avait habité dans des chambres identiques, à l'âge
de cette Chantal Grippay, et quand il était plus
jeune qu'elle. Mais à l'époque ce n'était pas dans
les quartiers de l'est. Plutôt au sud, à la périphérie
du XIVᵉ ou du XVᵉ arrondissement. Et vers le nord-
ouest, square du Graisivaudan, qu'elle avait cité
tout à l'heure par une mystérieuse coïncidence. Et
aussi, au pied de la butte Montmartre, entre Pigalle
et Blanche.

« Je sais que Gilles vous a appelé ce matin avant

de partir pour Lyon. Il ne vous a rien dit de parti
culier?

– Simplement que nous allions nous revoir.

— Il avait peur que vous ne soyez fâché... »

Peut-être Gilles Ottolini était-il au courant de leur
rendez-vous d'aujourd'hui. Il jugeait qu'elle serait
plus convaincante que lui pour l'inciter à parler,
comme ces inspecteurs de police qui se relaient au
cours d'un interrogatoire. Non, il n'était pas parti
pour Lyon et il écoutait leur conversation derrière
la porte. Cette pensée le fit sourire.

« Je suis indiscret, mais je me demande pourquoi
vous avez changé de prénom.

— Je trouvais que Chantal c'était plus simple que
Joséphine. »

Elle l'avait dit avec sérieux, comme si ce change-
ment de prénom avait été mûrement réfléchi.

« J'ai l'impression qu'aujourd'hui il n'y a plus du
tout de Chantal. Comment connaissiez-vous ce
prénom?

— Je l'ai choisi dans le calendrier. »

Elle avait déposé la chemise en carton bleu ciel
sur le lit, à côté d'elle. Une grande photo dépassait
à moitié, entre l'exemplaire du *Noir de l'été* et les
feuilles dactylographiées.

« C'est quoi, cette photo?

— La photo d'un enfant... vous verrez... Elle faisait partie du dossier... »

Il n'aimait pas ce mot « dossier ».

« Gilles a pu obtenir des renseignements à la
police sur le fait divers qui l'intéresse... Nous avons

32

connu un flic qui jouait aux courses... Il a fouillé dans les archives... Il a trouvé aussi la photo... »

Elle avait de nouveau cette voix rauque de l'autre jour au café qui surprenait chez quelqu'un de son âge.

« Vous permettez ? dit Daragane. Je suis trop haut sur cette chaise. »

Il vint s'asseoir par terre, au pied du lit. Maintenant ils se trouvaient à la même hauteur.

« Mais non... vous êtes mal ici... Venez sur le lit... »

Elle se penchait vers lui, et son visage était si près du sien qu'il remarqua une minuscule cicatrice sur sa pommette gauche. Le Tremblay. Chantal. Le square du Graisivaudan. Ces mots avaient fait leur chemin. Une piqûre d'insecte, d'abord très légère, et elle vous cause une douleur de plus en plus vive, et bientôt une sensation de déchirure. Le présent et le passé se confondent, et cela semble naturel puisqu'ils n'étaient séparés que par une paroi de cellophane. Il suffisait d'une piqûre d'insecte pour crever la cellophane. Il n'aurait su dire l'année, mais il était très jeune, dans une chambre aussi petite que celle-ci en compagnie d'une fille qui s'appelait Chantal – un prénom assez courant à l'époque. Le mari de cette Chantal, un certain Paul, et d'autres amis à eux étaient partis comme ils en avaient l'habitude le samedi pour jouer dans des casinos des environs de Paris : Enghien, Forges-les-Eaux... et reviendraient le lendemain avec un peu d'argent. Lui, Daragane, et cette Chantal, ils passaient toute la nuit ensemble dans la chambre du square du Graisivaudan jusqu'au retour des autres. Paul, le mari, fréquentait aussi les champs de courses. Un joueur. Il n'était question, avec lui, que de martingales.

L'autre Chantal – celle du présent – se leva et ouvrit l'une des deux fenêtres. Il commençait à faire très chaud dans cette chambre.

« J'attends un coup de téléphone de Gilles. Je ne vais pas lui dire que vous êtes là. Vous me promettez que vous allez l'aider ? »

De nouveau il eut le sentiment qu'ils s'étaient mis d'accord, elle et Gilles Ottolini, pour ne pas lui laisser de répit et lui donner rendez-vous chacun à son tour. Mais dans quel but ? Et l'aider à quoi, exactement ? À écrire son article sur le vieux fait divers dont lui, Daragane, ne savait encore rien ? Peut-être le « dossier » – comme elle disait tout à l'heure –, ce dossier, là, à côté d'elle sur le lit dans la chemise en carton ouverte, lui apporterait quelques éclaircissements.

« Vous me promettez de l'aider ? »

Elle était plus pressante et agitait son index. Il ne savait pas si ce geste était une menace.

« À condition qu'il me précise ce qu'il veut exactement de moi. »

Une sonnerie stridente venait de la salle de bains. Puis, quelques notes de musique.

« Mon portable... Ça doit être Gilles... »

Elle entra dans la salle de bains et referma la porte derrière elle, comme si elle ne voulait pas que Daragane l'entende parler. Il s'assit sur le bord du lit. Il n'avait pas remarqué au mur, près de l'entrée, un portemanteau où était accrochée une robe qui lui sembla de satin noir. De chaque côté, au-dessous des épaules, était cousue une hirondelle en lamé or. Des fermetures éclair à la hanche et aux poignets. Une robe ancienne, sans doute trouvée aux Puces. Il l'imagina dans cette robe de satin noir, aux deux hirondelles jaunes.

Derrière la porte de la salle de bains, de grands moments de silence et, chaque fois, Daragane croyait que la conversation était terminée. Mais il l'entendait dire de sa voix rauque : « Non, je te le promets... » et cette phrase revenait à deux ou trois reprises. Il l'entendit aussi dire : « Non, ce n'est pas vrai », et : « C'est beaucoup plus simple que tu ne penses... » Apparemment, Gilles Ottolini lui reprochait quelque chose ou lui confiait ses soucis. Et elle voulait le rassurer.

La conversation se prolongeait, et Daragane fut tenté de quitter la chambre sans faire de bruit. Plus jeune, il profitait de la moindre occasion pour fausser compagnie aux gens, sans qu'il pût s'expliquer très bien pourquoi : une volonté de rompre et de respirer à l'air libre ? Mais aujourd'hui, il éprouvait le besoin de se laisser glisser au fil du courant, sans résistance inutile. Il sortit de la chemise en carton bleu ciel la photo qui avait tout à l'heure attiré son attention. À première vue, il s'agissait de l'agrandissement d'une photo d'identité. Un enfant d'environ sept ans, aux cheveux courts tels qu'on les coiffait au début des années cinquante, mais cela pouvait être aussi un enfant d'aujourd'hui. On vivait une époque où toutes les modes, celles d'avant-hier, d'hier et d'aujourd'hui se confondaient, et l'on était peut-être revenu, pour les enfants, à cette coupe de cheveux d'autrefois. Il faudrait qu'il tire cela au clair et il avait hâte d'observer la coupe de cheveux des enfants, dans la rue.

Elle sortit de la salle de bains, son portable à la main.

« Excusez-moi... Ça a duré longtemps, mais je lui ai remonté le moral. Quelquefois, Gilles voit tout en noir. »

Elle s'assit à côté de lui, sur le bord du lit.

« Voilà pourquoi il faut que vous l'aidiez. Il aimerait bien que vous vous souveniez qui était ce Torstel... Vous n'avez pas une idée ? »

De nouveau, l'interrogatoire. Jusqu'à quelle heure de la nuit se poursuivrait-il ? Il ne sortirait plus de cette chambre. Peut-être avait-elle fermé la porte à clé. Mais il se sentait très calme, juste un peu fatigué comme souvent à la fin de l'après-midi. Et il lui aurait volontiers demandé la permission de s'allonger sur le lit.

Il se répétait un nom à lui-même et il ne pouvait pas s'en débarrasser. Le Tremblay. Un champ de courses de la banlieue sud-est où Chantal et Paul l'avaient entraîné un dimanche d'automne. Paul avait échangé quelques mots dans les tribunes avec un homme plus âgé qu'eux et leur avait expliqué qu'il le rencontrait parfois au casino de Forges-les-Eaux et qu'il fréquentait aussi les champs de courses. L'homme leur avait proposé de les ramener en voiture à Paris. C'était vraiment l'automne, et non pas l'été indien d'aujourd'hui où il faisait si chaud dans cette chambre, sans qu'il sache très bien quand il pourrait prendre congé... Elle avait refermé la chemise en carton bleu ciel et l'avait posée sur ses genoux.

« Il faudrait que nous allions faire des photocopies pour vous... C'est tout près... »

Elle consultait sa montre.

« Le magasin ferme à sept heures... Nous avons le temps... »

Il essaierait plus tard de se rappeler l'année exacte de cet automne-là. Du Tremblay, ils avaient suivi la Marne et traversé le bois de Vincennes à la tombée de la nuit. Daragane se tenait à côté de l'homme qui conduisait, les deux autres à l'arrière. L'homme avait paru surpris quand Paul avait fait les présentations – Jean Daragane.

Ils parlaient de tout et de rien, de la dernière course au Tremblay. L'homme lui avait dit :

« Vous vous appelez Daragane? Je crois que j'ai rencontré vos parents il y a longtemps... »

Ce terme « parents » le surprit. Il avait le sentiment de n'avoir jamais eu de parents.

« Ça date d'une quinzaine d'années... Dans une maison près de Paris... Je me souviens d'un enfant... »

L'homme s'était tourné vers lui.

« L'enfant, c'était vous, je suppose... »

Daragane craignait qu'il ne lui posât des questions sur une période de sa vie à laquelle il ne pensait plus. Et puis, il n'aurait pas grand-chose à lui dire. Mais l'autre gardait le silence. À un moment, l'homme lui demanda :

« Je ne me rappelle plus quel était cet endroit aux environs de Paris...

— Moi non plus. » Et il regretta de lui avoir répondu de manière aussi sèche.

Oui, il finirait bien par se souvenir de la date exacte de cet automne-là. Mais pour le moment il était toujours assis sur le bord du lit, à côté de cette Chantal, et il lui sembla qu'il se réveillait d'un brusque assoupissement. Il cherchait à reprendre le fil de la conversation.

« Vous mettez souvent cette robe ? »

Il lui désignait la robe de satin noir aux deux hirondelles jaunes.

« Je l'ai trouvée ici, quand j'ai loué la chambre. Elle appartenait certainement à la locataire précédente.

— Ou peut-être à vous, dans une vie antérieure. »

Elle fronça les sourcils et le fixa d'un regard méfiant. Elle lui dit :

« Nous pouvons aller faire les photocopies. »

Elle s'était levée, et Daragane eut l'impression qu'elle voulait quitter la chambre au plus vite. De quoi avait-elle peur ? Il n'aurait peut-être pas dû lui parler de cette robe.

À son retour chez lui, il se demanda s'il n'avait pas rêvé. C'était sans doute à cause de l'été indien et de la chaleur.

Elle l'avait entraîné jusqu'à une papeterie sur le boulevard Voltaire, au fond de laquelle il y avait une photocopieuse. Les feuilles dactylographiées étaient de la minceur du papier que l'on utilisait jadis pour envoyer des lettres « par avion ».

Ils étaient sortis de la boutique et ils avaient fait quelques pas sur le boulevard. On aurait dit qu'elle ne voulait plus le quitter. Peut-être craignait-elle qu'après leur séparation il ne leur donne plus signe de vie et que Gilles Ottolini ne sache jamais qui était le mystérieux Torstel. Mais lui aussi serait volontiers resté en sa compagnie tant la perspective de rentrer seul dans son appartement lui causait de l'appréhension.

« Si vous lisez le dossier ce soir, peut-être cela va vous rafraîchir la mémoire... » et elle lui désignait la chemise en carton orange qu'il avait à la main et qui contenait les photocopies. Elle avait même tenu à ce que soit reproduite la photo de l'enfant. « Vous pouvez me téléphoner à n'importe quelle heure cette nuit... Gilles ne revient que demain après-midi... J'aimerais beaucoup savoir ce que vous pensez de tout ça... »

Et elle avait sorti de son portefeuille une carte de visite au nom de Chantal Grippay, avec son adresse, 118, rue de Charonne, et son numéro de portable.

« Je dois rentrer maintenant... Gilles va m'appeler et j'ai oublié de prendre mon portable... »

Ils avaient fait demi-tour et marché en direction de la rue de Charonne. Ils ne disaient rien ni l'un ni l'autre. Ils n'avaient pas besoin de parler. Elle avait l'air de trouver naturel qu'ils marchent côte à côte, et Daragane avait pensé que s'il lui prenait le bras elle le laisserait faire, comme s'ils se connaissaient depuis longtemps. Ils s'étaient séparés devant les escaliers de la station du métro Charonne.

Maintenant, dans son bureau, il feuilletait les pages du « dossier », mais il n'avait pas envie de les lire tout de suite.

D'abord elles avaient été dactylographiées sans double interligne, et cette masse de caractères tassés les uns sur les autres le décourageait à l'avance. Et puis, ce Torstel, il avait fini par l'identifier. Au retour du Tremblay, ce dimanche d'automne-là, l'homme voulait les déposer chacun à son domicile. Mais Chantal et Paul étaient descendus à Montparnasse. De là, le métro était direct jusqu'à chez eux. Il était resté dans la voiture parce que l'homme lui avait dit qu'il n'habitait pas très loin du square du Graisi-vaudan, là où lui, Daragane, occupait cette chambre.

Ils avaient gardé le silence pendant une grande partie du trajet. L'homme avait fini par lui dire :

« J'ai dû aller deux ou trois fois dans cette maison des environs de Paris... C'est votre mère qui m'y a emmené... »

Daragane n'avait rien répondu. Vraiment, il évitait de penser à cette époque lointaine de sa vie. Et sa mère, il ne savait même pas si elle était encore vivante.

L'autre avait arrêté la voiture à la hauteur du square du Graisivaudan.

« Faites mes amitiés à votre mère... Nous nous sommes perdus de vue depuis très longtemps... Nous faisions partie d'une sorte de club avec des amis... le club des Chrysalides... Tenez, si par hasard elle cherche à me joindre... »

Il lui tendait une carte de visite sur laquelle étaient écrits « Guy Torstel » et – autant qu'il s'en souvienne – une adresse professionnelle – une librairie du Palais-Royal. Et un numéro de téléphone. Par la suite, Daragane avait perdu la carte de visite. Mais il avait quand même recopié le nom et le numéro de téléphone – pourquoi ? – sur son carnet d'adresses de cette époque-là.

Il s'assit à son bureau. Sous les feuilles du « dossier », il découvrit la photocopie de la page 47 de son roman, *Le Noir de l'été*, où il était question, paraît-il, de ce Torstel. Le nom était souligné, sans doute par Gilles Ottolini. Il lut :

« Galerie de Beaujolais, il y avait bien une librairie derrière la vitrine de laquelle étaient exposés des ouvrages d'art. Il entra. Une femme brune était assise à son bureau.

« "J'aimerais parler à M. Morihien.

« — M. Morihien est absent, lui dit-elle. Mais voulez-vous parler à M. Torstel?" »

C'était tout. Pas grand-chose. Le nom ne figurait qu'à la page 47 de son roman. Et il n'avait vraiment pas le courage, cette nuit, de le rechercher dans les pages dactylographiées sans double interligne du « dossier ». Torstel. Une aiguille dans une botte de foin.

Il se souvenait que sur la carte de visite perdue figurait bien l'adresse d'une librairie, au Palais-Royal. Et peut-être le numéro de téléphone était-il celui de la librairie. Mais, après plus de quarante-cinq ans, ces deux pauvres détails ne suffiraient pas à le mettre sur la piste d'un homme qui n'était plus désormais qu'un nom.

Il s'allongea sur le canapé et il ferma les yeux. Il avait décidé de faire un effort sur lui-même et de remonter, ne fût-ce qu'un instant, le cours du temps. Le roman, *Le Noir de l'été,* il l'avait commencé en automne, le même automne où il était allé un dimanche au Tremblay. Il se rappelait qu'il avait écrit la première page du livre le soir de ce dimanche dans la chambre du square du Graisi-vaudan. Quelques heures auparavant, quand la voiture de Torstel avait longé les quais de la Marne puis traversé le bois de Vincennes, il avait vraiment senti l'automne peser sur lui : la brume, l'odeur de la terre mouillée, les allées jonchées de feuilles mortes. Désormais le mot « Tremblay » serait pour lui toujours associé à cet automne-là.

Et aussi le nom Torstel qu'il avait utilisé autrefois dans le roman. Simplement à cause de sa sonorité. Voilà ce que lui évoquait Torstel. Il ne fallait pas chercher plus loin. C'est tout ce qu'il pouvait dire. Gilles Ottolini serait sans doute déçu. Tant pis. Après tout, il n'était pas obligé de lui donner la moindre explication. Cela ne le regardait pas.

Presque onze heures du soir. Quand il se trouvait seul chez lui, à cette heure-là, il ressentait souvent ce qu'on appelle un « passage à vide ». Alors, il allait dans un café des environs, ouvert très tard, la nuit. La lumière vive, le brouhaha, les allées et venues, les conversations auxquelles il avait l'illusion de participer, tout cela lui faisait surmonter, au bout d'un moment, son passage à vide. Mais depuis quelque temps il n'avait plus besoin de cet expédient. Il lui suffisait de regarder par la fenêtre de son bureau l'arbre planté dans la cour de l'immeuble voisin et qui conservait son feuillage beaucoup plus tard que les autres, jusqu'en novembre. On lui avait dit que c'était un charme, ou un tremble, il ne savait plus. Il regrettait toutes les années perdues au cours desquelles il n'avait pas fait assez attention aux arbres ni aux fleurs. Lui qui ne lisait plus d'autres ouvrages que l'*Histoire naturelle* de Buffon, il se rappela brusquement un passage des Mémoires d'une philosophe française. Celle-ci était choquée de ce qu'avait dit une femme pendant la guerre : « Que voulez-vous, la guerre ne modifie pas mes rapports avec un brin d'herbe. » Elle jugeait sans doute que cette femme était frivole ou indifférente. Mais pour lui, Daragane, la phrase avait un autre sens : dans les périodes de cataclysme ou de détresse morale, pas d'autre recours que de chercher un point fixe pour garder l'équilibre et ne pas basculer par-dessus bord. Votre regard s'arrête sur un brin d'herbe, un arbre, les pétales d'une fleur, comme si vous vous accrochiez à une bouée. Ce charme – ou ce tremble – derrière la vitre de sa fenêtre le rassurait. Et bien qu'il soit presque onze heures du soir, il était réconforté par sa présence silencieuse. Alors, autant en finir tout de suite et lire les pages dactylographiées. Il fallait bien qu'il se rende à l'évidence : la voix et le physique de Gilles Ottolini lui avaient semblé de prime abord ceux d'un maître chanteur. Il avait voulu vaincre ce préjugé. Mais y était-il vraiment parvenu ?

Il ôta le trombone qui maintenait les pages ensemble. Le papier de la photocopie n'était pas le même que celui de l'original. Il se rappela combien les feuilles, à mesure que Chantal Grippay les photocopiait, étaient minces, transparentes. Elles avaient évoqué pour lui le papier à lettres « par avion ». Mais ce n'était pas tout à fait exact. Elles avaient plutôt la même transparence que le papier pelure utilisé pour les interrogatoires de police. Et d'ailleurs Chantal Grippay lui avait dit : « Gilles a pu obtenir des renseignements à la police... »

Il jeta un dernier regard sur le feuillage de l'arbre, devant lui, avant de commencer sa lecture.

Les caractères étaient minuscules, comme si on les avait tapés sur l'une de ces machines à écrire portatives qui n'existaient plus aujourd'hui. Daragane avait l'impression de se plonger dans un bouillon compact, indigeste. Parfois, il sautait une ligne et devait revenir en arrière, à l'aide de son index. Plutôt qu'un rapport homogène, il s'agissait de notes très brèves mises bout à bout dans le plus grand désordre concernant l'assassinat d'une certaine Colette Laurent.

Les notes retraçaient son parcours. Arrivée de province très jeune à Paris. Emploi dans une boîte de nuit de la rue de Ponthieu. Chambre dans un hôtel, quartier de l'Odéon. Elle fréquente des élèves de l'École des beaux-arts. Liste des gens interrogés et qu'elle aurait pu connaître dans la boîte de nuit, liste d'étudiants des Beaux-Arts. Corps retrouvé dans une chambre d'hôtel, XVe arrondissement. Interrogatoire du patron de l'hôtel.

C'était donc le fait divers qui intéressait Ottolini? Il interrompit sa lecture. Colette Laurent. Ce nom en apparence anodin provoquait un écho chez lui, mais trop sourd pour qu'il puisse le définir. Il lui semblait avoir lu la date : 1951, mais il n'avait pas le courage de vérifier parmi les mots pressés les uns contre les autres qui vous donnaient une sensation d'étouffement.

1951. Depuis, il s'était écoulé plus d'un demi-siècle, et les témoins de ce fait divers, et même l'assassin, n'existaient plus. Gilles Ottolini arrivait trop tard. Ce fouille-merde resterait sur sa faim. Daragane regretta de l'avoir affublé d'un qualificatif aussi grossier. Encore quelques pages à lire. Il éprouvait toujours cette nervosité et cette appréhension qui l'avaient saisi quand il avait ouvert le « dossier ».

Il contempla un instant le feuillage du charme qui s'agitait doucement, comme si l'arbre respirait dans son sommeil. Oui, cet arbre était son ami, et il se rappela le titre d'un recueil de poèmes qu'une fille avait publié à huit ans : *Arbre, mon ami.* Il était jaloux de cette fille, parce qu'il avait le même âge qu'elle et que lui aussi à cette époque-là écrivait des poèmes. De quand cela datait-il ? D'une année de son enfance presque aussi ancienne que l'année 1951 au cours de laquelle Colette Laurent avait été assassinée.

De nouveau, les lettres minuscules sans double interligne dansaient sous ses yeux. Et il faisait glisser son index pour ne pas perdre le fil. Enfin, le nom Guy Torstel. Il était associé à trois noms parmi lesquels il eut la surprise de reconnaître celui de sa mère. Les deux autres étaient : Bob Bugnand et Jacques Perrin de Lara. Il se souvenait vaguement d'eux, et cela remontait aussi à l'époque lointaine où la fille de son âge avait publié *Arbre, mon ami.* Le premier, Bugnand, une silhouette sportive et vêtue de beige. Un brun, croyait-il ; et l'autre, un homme à la grosse tête de statue romaine, qui s'accoudait au marbre des cheminées dans une pose élégante pour parler. Les souvenirs d'enfance sont souvent de petits détails qui se détachent du néant. Ces noms avaient-ils attiré l'attention d'Ottolini et avait-il établi un rapport entre eux et lui, Daragane ? Mais non, certainement pas. D'abord, sa mère ne portait pas le même nom de famille que lui. Les deux autres, Bugnand et Perrin de Lara, s'étaient perdus dans la nuit des temps, et Ottolini était trop jeune pour qu'ils lui évoquent quelque chose.

À mesure qu'il lisait, il avait le sentiment que ce « dossier » était une sorte de fourre-tout où se mêlaient les bribes de deux enquêtes différentes qui n'avaient pas été menées la même année, puisqu'il était indiqué maintenant 1952. Entre les notes de 1951 concernant l'assassinat de Colette Laurent et celles qui figuraient sur les deux dernières pages, il crut pourtant discerner un mince fil conducteur : « Colette Laurent » avait fréquenté « une maison de Saint-Leu-la-Forêt » où habitait « une certaine Annie Astrand ». Cette maison était apparemment sous surveillance policière – mais pour quelle raison ? Parmi les noms cités, ceux de Torstel, de sa mère, de Bugnand et de Perrin de Lara. Deux autres noms ne lui étaient pas inconnus. Roger Vincent et surtout celui de la femme qui habitait la maison de Saint-Leu-la-Forêt, « une certaine Annie Astrand ».

Il aurait voulu mettre de l'ordre dans ces notes confuses, mais cela lui sembla au-dessus de ses forces. Et puis, à cette heure tardive de la nuit, on se fait souvent de drôles d'idées : la cible que Gilles

Ottolini avait en tête quand il avait rassemblé toutes les notes de son dossier, eh bien ce n'était pas un vieux fait divers mais c'était lui-même, Daragane. Bien sûr, Ottolini n'avait pas trouvé l'angle de tir, il tâtonnait, il s'égarait sur des chemins de traverse, il était incapable d'entrer dans le vif du sujet. Il le sentait rôder autour de lui à la recherche d'une voie d'accès. Peut-être avait-il rassemblé tous ces éléments disparates en espérant que Daragane réagirait à l'un d'eux, comme ces policiers qui commencent un interrogatoire par des propos insignifiants pour endormir les défenses du suspect. Alors, quand celui-ci se sent à l'abri, ils lui lancent brutalement la question cruciale.

Ses yeux se posèrent de nouveau sur le feuillage du charme derrière la vitre et il eut honte de pareilles pensées. Il perdait son sang-froid. Les quelques pages qu'il venait de lire n'étaient qu'un brouillon maladroit, une accumulation de détails qui cachaient l'essentiel. Un seul nom provoquait son trouble et avait pour lui l'effet d'un aimant : Annie Astrand. Mais il était à peine lisible au milieu de ces mots entassés sans double interligne. Annie Astrand. Une voix lointaine captée très tard à la radio et dont vous vous dites qu'elle s'adresse à vous pour vous transmettre un message. Quelqu'un lui avait affirmé un jour que les voix de ceux dont vous avez été proche dans le passé, vous les oubliez très vite. Pourtant, s'il entendait aujourd'hui la voix d'Annie Astrand derrière lui, dans la rue, il était certain qu'il la reconnaîtrait.

Quand il serait de nouveau en présence d'Ottolini, il se garderait bien d'attirer son attention sur ce nom : Annie Astrand, mais il n'était pas sûr de le revoir. À la rigueur, il lui écrirait un mot très court pour lui donner les maigres renseignements sur Guy Torstel. Un homme qui s'occupait d'une librairie, galerie de Beaujolais, en bordure des jardins du Palais-Royal. Oui, il ne l'avait rencontré qu'une fois, il y avait près de cinquante ans, un dimanche soir d'automne au Tremblay. Il pourrait même pousser la gentillesse jusqu'à lui fournir quelques détails supplémentaires sur les deux autres, Bugnand et Perrin de Lara. Des amis de sa mère, comme devait l'être Guy Torstel. L'année où il lisait les poèmes d'*Arbre, mon ami* et où il enviait cette fille de son âge qui en était l'auteur, Bugnand et Perrin de Lara – et peut-être aussi Torstel – gardaient toujours un livre dans leur poche, comme un missel, un livre dont ils paraissaient faire grand cas. Il se souvenait de son titre : *Fabrizio Lupo.* Un jour, Perrin de Lara lui avait dit d'une voix grave : « Toi aussi, quand tu seras grand, tu liras *Fabrizio Lupo* », l'une de ces phrases qui resteront mystérieuses jusqu'à la fin de votre vie, à cause de leur sonorité. Plus tard, il avait cherché ce livre, mais par malchance il n'en avait jamais trouvé un exemplaire et il n'avait jamais lu *Fabrizio Lupo.* Il n'aurait pas besoin d'évoquer ces minuscules souvenirs. La perspective la plus vraisemblable c'est qu'il finirait par se débarrasser de Gilles Ottolini. Des sonneries de téléphone auxquelles il ne répondrait pas. Des lettres, dont certaines seraient recommandées.

Le plus gênant, c'est qu'Ottolini se posterait devant l'immeuble et, comme il ignorait le code, il attendrait que quelqu'un pousse la porte cochère pour se glisser derrière lui. Il viendrait sonner à sa porte. Il faudrait aussi débrancher cette sonnette. Chaque fois qu'il sortirait de chez lui, il tomberait sur Gilles Ottolini qui l'aborderait et le suivrait dans la rue. Et il n'aurait plus d'autre recours que de se réfugier dans le commissariat de police le plus proche. Mais les flics ne prendraient pas ses explications au sérieux.

Il était près d'une heure du matin, et il se dit qu'à cette heure-là, dans le silence et la solitude, on se monte la tête pour un rien. Il reprit son calme peu à peu, et même il eut une sorte de crise de fou rire en pensant au visage d'Ottolini, l'un de ces visages si étroits que, même s'ils sont de face, on les croirait de profil.

Les feuilles dactylographiées étaient éparpillées sur son bureau. Il prit un crayon qui portait à l'une de ses extrémités une mine rouge et, à l'autre, une mine bleue, et dont il se servait pour corriger ses manuscrits. Il biffa au fur et à mesure les pages de grands traits au crayon bleu et il encercla de rouge le nom : ANNIE ASTRAND.

Vers deux heures du matin, le téléphone sonna. Il s'était endormi sur le canapé.

« Allô... Monsieur Daragane? C'est Chantal Grippay... »

Il eut un moment d'hésitation. Il venait de faire un rêve où lui était apparu le visage d'Annie Astrand, et cela ne lui était pas arrivé depuis plus d'une trentaine d'années.

« Vous avez lu les photocopies?

— Oui.

— Pardonnez-moi de vous téléphoner si tard... mais j'étais tellement impatiente que vous me donniez votre avis... Vous m'entendez?

— Oui.

— Il faudrait que nous nous voyions avant le retour de Gilles. Est-ce que je peux passer chez vous?

— Maintenant?

— Oui. Maintenant. »

Il lui indiqua l'adresse, le numéro de code, l'étage. Était-il sorti de son rêve? Tout à l'heure le visage d'Annie Astrand lui semblait si proche... Elle se tenait au volant de sa voiture, devant la maison de Saint-Leu-la-Forêt, il était assis sur la banquette, à côté d'elle, et elle lui parlait, mais il n'entendait pas le son de sa voix.

Sur son bureau, les photocopies, en désordre. Il avait oublié qu'il les avait rayées de traits bleus. Et le nom : Annie Astrand, qui sautait aux yeux, à cause de son cercle rouge... Il faudrait éviter de montrer cela à Gilles Ottolini. Ce cercle rouge risquait de le mettre sur une piste. N'importe quel flic aurait posé la question s'il était tombé dessus, après avoir tourné lentement les pages.

« Pourquoi avez-vous souligné ce nom ? »

Il jeta un regard au charme dont le feuillage était immobile, et cela le rassura. Cet arbre était une sentinelle, la seule personne qui veillât sur lui. Il se posta à la fenêtre du côté de la rue. À cette heure-là, il ne passait aucune voiture et les réverbères brillaient pour rien. Il vit Chantal Grippay qui marchait sur le trottoir d'en face, et elle semblait regarder les numéros des immeubles. Elle tenait à la main un sac en plastique. Il se demanda si elle avait marché de la rue de Charonne jusqu'ici. Il entendit la porte cochère se fermer brutalement et son pas dans l'escalier, un pas très lent, comme si elle hésitait à monter. Avant qu'elle sonne, il ouvrit la porte, et elle sursauta. Elle était toujours vêtue d'une chemise et d'un pantalon noirs. Elle lui parut aussi timide que la première fois, au café de la rue de l'Arcade.

« Je ne voulais pas vous déranger si tard... »

Elle restait immobile sur le pas de la porte, l'air de s'excuser. Il lui prit le bras pour la faire entrer. Sinon, il pressentait qu'elle aurait fait demi-tour. Dans la pièce qui lui servait de bureau, il lui désigna le canapé où elle s'assit, et elle déposa le sac en plastique à côté d'elle.

« Alors, vous avez lu ? »

Elle lui avait posé la question d'une voix anxieuse. Pourquoi y attachait-elle tant d'importance ?

« J'ai lu, mais je ne peux vraiment pas être d'une aide quelconque à votre ami. Je ne connais pas ces gens.

— Même Torstel ? »

Elle le regardait droit dans les yeux.

L'interrogatoire allait reprendre, sans interruption, jusqu'au matin. Puis, vers huit heures, on sonnerait à la porte. Ce serait Gilles Ottolini de retour de Lyon qui viendrait la relayer.

« Oui, même Torstel.

— Pourquoi avoir utilisé ce nom dans un livre, si vous ne le connaissiez pas ? »

Elle avait pris un ton faussement candide.

« Je choisis les noms au hasard, en consultant l'annuaire.

— Alors, vous ne pouvez pas aider Gilles ? »

Il vint s'asseoir à côté d'elle sur le canapé et rapprocha son visage du sien. De nouveau, il vit la cicatrice à la pommette gauche.

« Il voudrait que vous l'aidiez à écrire... Il pensait

que tout ce qui est inscrit sur ces feuilles vous touchait de très près... »

Il eut, à cet instant-là, le sentiment que les rôles s'inversaient et qu'il suffirait de peu de chose pour la faire « craquer », selon l'expression qu'il avait entendue autrefois dans un certain milieu. Sous la lumière de la lampe, il remarqua les cernes sous ses yeux et le tremblement de ses mains. Elle lui semblait plus pâle que tout à l'heure, quand il lui avait ouvert la porte.

Sur son bureau, les pages qu'il avait raturées au crayon bleu étaient bien visibles. Mais elle n'avait rien remarqué pour le moment.

« Gilles a lu tous vos livres et il s'est renseigné sur vous... »

Ces mots lui causèrent une légère inquiétude. Il avait eu la malchance d'attirer l'attention de quelqu'un qui désormais ne le lâcherait pas. Ainsi, certaines personnes dont vous croisez le regard. Elles peuvent soudain être agressives sans raison aucune, ou bien venir vous adresser la parole, et il est très difficile de s'en débarrasser. Il s'efforçait toujours de baisser le regard dans la rue.

« Et puis, ils comptent le licencier à l'agence Sweerts... Il va de nouveau se retrouver au chômage... »

Daragane fut frappé par le ton las qu'elle avait pris. Il crut discerner dans cette lassitude une pointe d'exaspération, et même un peu de mépris.

« Il pensait que vous alliez l'aider... Il a l'impression de vous connaître depuis longtemps... Il sait beaucoup de choses sur vous... »

Apparemment, elle voulait en dire plus. C'était bientôt l'heure de la nuit où les maquillages se craquellent et où on se laisse aller au bord des confidences.

« Vous boirez bien quelque chose ?

— Oh oui... quelque chose de fort... J'ai besoin d'un coup de fouet... »

Daragane fut étonné qu'à son âge elle employât cette expression surannée. Il n'avait pas entendu les mots « coup de fouet » depuis longtemps. Peut-être Annie Astrand les utilisait-elle autrefois. Elle tenait ses mains serrées l'une contre l'autre, comme si elle cherchait à contenir leur tremblement.

Il ne trouva, dans le placard de la cuisine, qu'une bouteille de vodka à moitié vide dont il se demanda qui avait bien pu la laisser là. Elle s'était installée sur le divan, les jambes allongées, le dos contre le gros coussin orange.

« Excusez-moi, mais je me sens un peu fatiguée... »

Elle but une gorgée. Puis une autre.

« Ça va mieux. C'est terrible, ce genre de soirée... »

Elle regardait Daragane, l'air de vouloir le prendre à témoin. Il hésita un instant avant de lui poser la question.

« Quelles soirées ?

— Celle d'où je viens... »

Puis, d'une voix sèche :

« On me paie pour aller à ces " soirées "... c'est à cause de Gilles... Il a besoin d'argent... »

Elle baissa la tête. Elle semblait regretter ses

propos. Elle se tourna vers Daragane, assis en face d'elle sur le tabouret de velours vert.

« Ce n'est pas lui que vous devriez aider... c'est moi... »

Elle lui lança un sourire dont on aurait pu dire qu'il était pauvre ou pâle.

« Je suis quand même une fille honnête... Alors, je devrais vous mettre en garde contre Gilles... »

Elle changea de position et s'assit au bord du canapé pour bien lui faire face.

« Il a appris des choses sur vous... par cet ami de la police... Alors, il cherchait à entrer en contact avec vous... »

La fatigue? Daragane ne comprenait plus ce qu'elle disait. Quelles pouvaient bien être « les choses » que cet individu avait apprises sur lui à la police? En tout cas, les pages du « dossier » n'étaient pas très concluantes. Et presque tous les noms cités, il ne les connaissait pas. Sauf sa mère, Torstel, Bugnand et Perrin de Lara. Mais de si loin... Ils avaient si peu compté dans sa vie... Des figurants, depuis longtemps disparus. Bien sûr, Annie Astrand était mentionnée. À peine. Son nom passait totalement inaperçu, il était noyé parmi les autres. Et encore, avec une faute d'orthographe : Astran.

« Ne vous inquiétez pas pour moi, dit Daragane. Je n'ai peur de personne. Et surtout pas des maîtres chanteurs. »

Elle parut surprise qu'il ait employé ce terme : maître chanteur, mais comme si c'était une évidence à laquelle elle n'avait pas pensé.

« Je me suis toujours demandé s'il ne vous avait pas volé votre carnet d'adresses... »

Elle souriait, et Daragane pensa qu'elle voulait plaisanter.

« Quelquefois, Gilles me fait peur... C'est pourquoi je reste avec lui... Nous nous connaissons depuis si longtemps... »

La voix était de plus en plus rauque, et il craignait que ces confidences ne durent jusqu'au matin. Pourrait-il soutenir son attention et les écouter jusqu'au bout?

« Il n'est pas parti à Lyon pour son travail, mais pour jouer au casino...

— Au casino de Charbonnières? »

La phrase était venue très vite sur ses lèvres, et il était étonné par ce mot « Charbonnières » qu'il avait oublié et qui resurgissait maintenant du passé. Quand ils allaient jouer au casino de Charbonnières, Paul et les autres partaient le vendredi au début de l'après-midi, et ils rentraient à Paris le lundi. Alors, cela faisait presque trois jours passés avec Chantal, dans la chambre du square du Graisivaudan.

« Oui, il est allé au casino de Charbonnières. Il connaît un croupier là-bas... Il revient toujours du casino de Charbonnières avec un peu plus d'argent que d'habitude.

— Et vous ne l'accompagnez pas?

— Jamais. Sauf au début, quand nous nous sommes connus... Je l'attendais des heures au cercle

Gaillon... Il y avait une salle d'attente pour les femmes... »

Daragane avait-il mal compris? « Gaillon » – comme « Charbonnières » – était un nom qui lui était familier autrefois. Chantal le rejoignait à l'improviste dans la chambre du square du Graisivaudan et lui disait : « Paul est au cercle Gaillon... On peut passer la soirée ensemble... Et même la nuit... »

Ainsi, le cercle Gaillon existait toujours? À moins que les mêmes mots dérisoires que vous avez entendus dans votre jeunesse reviennent comme une rengaine ou un balbutiement, bien des années plus tard et vers la fin de votre vie?

« Quand je reste seule à Paris, on me fait participer à des soirées un peu spéciales... J'accepte à cause de Gilles... Il a toujours besoin d'argent... Et maintenant ça va être pire puisqu'il va se trouver sans travail... »

Mais pourquoi donc était-il entré dans l'intimité de Gilles Ottolini et de cette Chantal Grippay? Autrefois, les nouvelles rencontres étaient souvent brutales et franches – deux personnes qui se heurtent dans la rue, comme les autotamponneuses de son enfance. Là, tout s'était passé en douceur, un carnet d'adresses perdu, des voix au téléphone, un rendez-vous dans un café... Oui, tout avait la légèreté d'un rêve. Et les pages du « dossier » lui avaient aussi procuré une sensation étrange : à cause de certains noms, et surtout celui d'Annie Astrand, et de tous ces mots tassés les uns sur les autres sans double interligne, il se trouvait brusquement en présence de certains détails de sa vie, mais reflétés dans une glace déformante, de ces détails décousus qui vous poursuivent les nuits de fièvre.

« Il revient demain de Charbonnières... vers midi... Il va vous relancer... Ne lui dites surtout pas que nous nous sommes vus. »

Daragane se demanda si elle était sincère et si elle ne mettrait pas Ottolini au courant de sa visite chez lui, cette nuit. À moins que ce ne fût Ottolini qui l'ait chargée de cette mission. De toute façon il était sûr de pouvoir se débarrasser d'eux d'un jour à l'autre, comme il l'avait fait pour beaucoup de gens au cours de sa vie.

« En somme, dit-il d'un air enjoué, vous êtes un couple de malfaiteurs. »

Elle parut stupéfaite de ces paroles. Il les regretta aussitôt. Elle avait courbé le dos et il crut un moment qu'elle allait fondre en larmes. Il se pencha vers elle, mais elle évitait son regard.

« Tout ça, c'est à cause de Gilles... Moi, je n'y suis pour rien... »

Puis, après un moment d'hésitation :

« Faites attention à lui... Il voudra vous voir tous les jours... Il ne vous laissera pas un moment de répit... C'est un type...

— ... collant ?

— Oui. Très collant. »

Et elle semblait donner à ce qualificatif une signification plus inquiétante qu'il n'en avait de prime abord.

« Je ne sais pas ce qu'il a appris sur vous... Peut-être quelque chose dans le dossier... Je ne l'ai pas lu... Il s'en servira comme moyen de pression... »

Ce dernier terme sonnait faux dans sa bouche. C'était sans doute Ottolini qui lui avait parlé de « moyen de pression ».

« Il veut que vous l'aidiez à écrire un livre... Voilà ce qu'il m'a dit...

— Vous êtes sûre qu'il ne veut pas autre chose ? »

Elle hésita, un instant.

« Non.

— Peut-être me demander de l'argent ?

— C'est possible... Les joueurs ont besoin d'argent... Oui, bien sûr qu'il va vous demander de l'argent... »

Ils avaient dû en discuter ensemble après le rendez-vous, rue de l'Arcade. Ils étaient sans doute aux abois – une expression qu'utilisait Chantal, autrefois, quand elle parlait de Paul. Mais celui-ci espérait toujours s'en sortir grâce à ses martingales.

« Bientôt, il ne pourra même plus payer le loyer de sa chambre, square du Graisivaudan... »

Oui, les loyers avaient certainement augmenté en quarante-cinq ans, square du Graisivaudan. Daragane occupait la chambre en fraude, grâce à un ami auquel le propriétaire avait confié les clés. Dans cette chambre, un téléphone, avec un cadenas sur son cadran pour qu'on ne puisse pas s'en servir. Mais il réussissait quand même à composer certains numéros.

« Moi aussi, dit-il, j'ai habité square du Graisi-vaudan... »

Elle le regardait avec surprise, comme si elle découvrait des liens entre eux. Il était sur le point d'ajouter que la fille qui venait parfois le rejoindre dans cette chambre s'appelait elle aussi Chantal. Mais à quoi bon? Elle lui dit :

« Alors, c'est peut-être la même chambre que celle de Gilles... Une chambre mansardée... on prend l'ascenseur et ensuite on monte un petit escalier... »

Mais oui, l'ascenseur ne desservait pas le dernier étage – un couloir où se succédaient les chambres avec, chacune sur leur porte, un numéro à moitié effacé. Le sien était le numéro 5. Il s'en souvenait à cause de Paul qui tentait souvent de lui expliquer l'une de ses martingales « autour du cinq neutre ».

« Et j'avais un ami qui jouait aux courses, et aussi au casino de Charbonnières... »

Elle semblait rassurée par ces paroles et elle lui lança un faible sourire. Elle devait penser qu'avec quelques dizaines d'années d'écart ils étaient du même monde. Mais lequel?

« Alors, vous reveniez de l'une de vos soirées? »

Il regretta aussitôt de lui avoir posé la question. Mais apparemment elle se sentait en confiance :

« Oui... C'est un couple qui organise des soirées d'un genre un peu spécial dans leur appartement... Gilles a travaillé un moment chez eux comme chauffeur... Ils me téléphonent de temps en temps pour me faire venir... C'est Gilles qui veut que j'y aille... Ils me paient... Je ne peux pas faire autrement... »

Il l'écoutait sans oser l'interrompre. Peut-être ne s'adressait-elle pas à lui et avait-elle oublié sa présence. Il devait être très tard. Cinq heures du matin ? Le jour allait bientôt se lever et dissiperait les ombres. Il se retrouverait seul dans son bureau après un mauvais rêve. Non, il n'avait jamais perdu ce carnet d'adresses. Ni Gilles Ottolini ni Joséphine Grippay qui se faisait appeler Chantal n'avaient jamais existé.

« Pour vous aussi maintenant, cela va être très difficile de vous débarrasser de Gilles... Il ne vous lâchera pas... Il est capable de vous attendre à la porte de votre immeuble... »

Une menace ou un avertissement ? Dans les rêves, pensa Daragane, on ne sait pas très bien à quoi s'en tenir. Un rêve ? On verrait, au lever du jour. Pourtant, là, en face de lui, elle n'avait rien d'un fantôme. Il n'aurait pas su dire si l'on entendait les voix dans les rêves, mais il entendait très bien la voix rauque de Chantal Grippay.

« J'ai un conseil à vous donner : ne lui répondez plus au téléphone... »

Elle se penchait vers lui et lui parlait très bas, comme si Gilles Ottolini se tenait derrière la porte.

« Il faudra que vous me laissiez des messages sur mon portable... Quand je ne serai pas avec lui, je vous rappellerai... Je vous tiendrai au courant de ce qu'il compte faire. Comme ça, vous pourrez l'éviter... »

Décidément, cette fille était pleine de sollicitude, mais Daragane aurait voulu lui expliquer qu'il se débrouillerait tout seul. Il avait croisé dans sa vie d'autres Ottolini. Il connaissait un grand nombre d'immeubles à double issue dans Paris grâce auxquels il semait les gens. Et, pour faire croire à son absence, il lui était souvent arrivé de ne pas allumer la lumière chez lui, à cause des deux fenêtres qui donnaient sur la rue.

« Je vous ai prêté un livre en disant que Gilles l'avait écrit... *Le Flâneur hippique*... »

Il avait oublié l'existence de ce livre. Il l'avait laissé dans la chemise de carton orange, en sortant les photocopies.

« Ce n'est pas vrai... Gilles fait croire qu'il a écrit ce livre parce que son auteur porte le même nom que lui... mais pas le même prénom... Et, en plus, ce type est mort... »

Elle fouillait le sac en plastique qu'elle avait posé à côté d'elle sur le canapé. Elle en sortit la robe de satin noir aux deux hirondelles jaunes que Daragane avait remarquée dans sa chambre de la rue de Charonne.

« J'ai oublié ma paire de chaussures à talons chez ces gens...

— Je connais cette robe, dit Daragane.

— Chaque fois que je vais aux soirées chez ces gens, ils veulent que je la porte.

— Drôle de robe...

— Je l'ai trouvée au fond d'un vieux placard de ma chambre... Il y a une marque derrière. »

Elle lui tendait la robe et il lut sur l'étiquette : « Silvy-Rosa. Couture mode. Rue Estelle. Marseille. »

« Vous la portiez peut-être dans une vie antérieure... »

Il lui avait dit la même chose, hier après-midi,
dans la chambre de la rue de Charonne.

« Vous croyez ?

— Une impression... à cause de l'étiquette qui
est très ancienne... »

Elle regardait à son tour l'étiquette d'un air
méfiant. Puis elle déposa la robe, à côté d'elle, sur
le canapé.

« Attendez... je reviens... »

Il sortit du bureau pour vérifier s'il avait laissé la
lumière dans la cuisine. La fenêtre de celle-ci donnait sur la rue. Oui, il avait laissé la lumière. Il l'étei-
gnit et se posta à la fenêtre. Tout à l'heure, il avait
imaginé qu'Ottolini se tenait en faction dehors. De
telles pensées vous viennent très tard, quand vous
n'avez pas dormi, des pensées que vous aviez jadis,
enfant, pour vous faire peur. Personne. Mais il pouvait se cacher derrière la fontaine ou, à droite, derrière l'un des arbres du square.

Il resta longtemps immobile, très droit, les bras
croisés. Il ne vit personne dans la rue. Aucune voiture
ne passait. S'il avait ouvert la fenêtre, il aurait entendu
le murmure de la fontaine et il se serait demandé s'il
n'était pas à Rome plutôt qu'à Paris. Rome, d'où il
avait reçu autrefois une carte postale d'Annie Astrand,
le dernier signe de vie qu'elle lui ait donné.

Quand il revint dans son bureau, elle était
allongée sur le canapé, vêtue de cette étrange robe
de satin noir aux deux hirondelles jaunes. Il eut un

moment de confusion. Portait-elle déjà cette robe quand il lui avait ouvert la porte ? Mais non. Sa chemise et son pantalon noirs étaient roulés en boule sur le parquet, à côté de ses ballerines. Elle avait les yeux fermés et son souffle était régulier. Faisait-elle semblant de dormir ?

★

Elle était partie aux environs de midi et Daragane était seul, comme d'habitude, dans son bureau. Elle craignait que Gilles Ottolini ne soit déjà de retour. Quand il allait au casino de Charbonnières, il prenait quelquefois le train pour Paris très tôt le lundi matin. Par la fenêtre, il l'avait vu s'éloigner vêtue de sa chemise et de son pantalon noirs. Elle ne portait pas le sac en plastique. Elle l'avait oublié sur le canapé avec la robe. Daragane mit longtemps avant de trouver la carte de visite qu'elle lui avait donnée, une carte de visite au papier jauni. Mais le numéro de portable ne répondait pas. Elle finirait bien par l'appeler, dès qu'elle s'apercevrait qu'elle avait oublié la robe.

Il la sortit du sac et regarda de nouveau l'étiquette : « Silvy-Rosa. Couture mode. Rue Estelle. Marseille. » Cela lui évoquait quelque chose, bien que la ville de Marseille lui fût inconnue. Il avait déjà lu cette adresse, ou bien entendu le nom. Quand il était plus jeune, ce genre d'énigme, en apparence insignifiante, pouvait l'occuper plusieurs jours au cours desquels il cherchait obstinément une réponse. Même s'il s'agissait d'un minuscule point de détail, il éprouvait un sentiment d'angoisse et de manque tant qu'il ne l'avait pas relié à l'ensemble, comme une pièce de puzzle que l'on a perdue. Parfois, c'était une phrase ou un vers dont il cherchait l'auteur, parfois, un simple nom. « Silvy-Rosa. Couture mode. Rue Estelle. Marseille. » Il ferma les yeux et essaya de se concentrer. Un mot lui traversa l'esprit, qui lui sembla être associé à cette étiquette : « La Chinoise ». Il fallait avoir la patience de plonger en eau profonde pour découvrir le lien entre « Silvy-Rosa » et « La Chinoise », mais depuis quelques années il n'avait plus la force de se livrer à ce genre d'exploit. Non, il était trop vieux, il préférait faire la planche... « La Chinoise »... À cause des cheveux noirs et des yeux légèrement bridés de cette Chantal Grippay ?

Il s'assit à son bureau. Cette nuit, elle n'avait pas remarqué les pages en désordre et les ratures au crayon bleu. Il ouvrit la chemise cartonnée qu'il avait posée près du téléphone et prit le livre qui s'y trouvait. Il commença à feuilleter *Le Flâneur hippique*. C'était une réimpression récente d'un ouvrage dont le copyright datait d'avant-guerre. Comment Gilles Ottolini pouvait-il avoir le culot, ou la naïveté, de prétendre en être l'auteur ? Il ferma le livre et jeta un regard sur les feuilles, devant lui. Au cours de sa première lecture, il avait sauté des phrases à cause de leurs caractères trop serrés.

De nouveau, les mots dansaient. Il y avait visiblement d'autres détails concernant Annie Astrand, mais il se sentait trop fatigué pour en prendre connaissance. Il le ferait plus tard, dans l'après-midi, à tête reposée. À moins qu'il ne décide de déchirer les pages, une à une. Oui, il verrait plus tard.

Au moment de ranger le « dossier » dans la chemise en carton, ses yeux tombèrent sur la photo de l'enfant, qu'il avait oubliée. Il lut, au verso de celle-ci : « 3 photomatons. Enfant non identifié. Fouille et arrestation Astrand, Annie. Poste-frontière Vintimille. Le lundi 21 juillet 1952. » Oui, c'était bien l'agrandissement d'une photomaton, comme il l'avait pensé hier après-midi dans la chambre de la rue de Charonne.

Il ne pouvait détacher son regard de cette photo et il se demanda pourquoi il l'avait oubliée parmi les feuilles du « dossier ». Était-ce quelque chose qui le gênait, une pièce à conviction selon le langage juridique, et que lui, Daragane, aurait voulu écarter de sa mémoire ? Il éprouva une sorte de vertige, un picotement à la racine des cheveux. Cet enfant, que des dizaines d'années tenaient à une si grande distance au point d'en faire un étranger, il était bien obligé de reconnaître que c'était lui.

Un autre automne que celui du dimanche au Tremblay, un automne aussi lointain, Daragane avait reçu une lettre, square du Graisivaudan. Il passait devant la loge de la concierge au moment où celle-ci allait distribuer le courrier.

« Je suppose que c'est vous, Jean Daragane. » Et elle lui tendait une lettre sur l'enveloppe de laquelle son nom était écrit à l'encre bleue. Il n'avait jamais reçu de courrier à cette adresse. Il ne reconnaissait pas l'écriture, une très grande écriture qui occupait toute l'enveloppe : Jean Daragane, 8, square du Graisivaudan, Paris. La place avait manqué pour indiquer le numéro de l'arrondissement. Au dos de l'enveloppe, un nom et une adresse : A. Astrand, 18, rue Alfred-Dehodencq, Paris.

Pendant quelques instants, ce nom ne lui évoqua rien. À cause de la simple initiale « A » qui cachait le prénom ? Plus tard, il se dit qu'il avait eu un pressentiment puisqu'il hésitait à ouvrir la lettre. Il marcha jusqu'à la frontière de Neuilly et de Levallois, dans cette zone où l'on détruirait deux ou trois ans plus tard les garages et les maisons basses pour construire le périphérique. ASTRAND. Comment n'avait-il pas compris, à la seconde même, de qui il s'agissait?

Il fit demi-tour et entra dans le café au bas de l'un des blocs d'immeubles. Il s'assit, sortit la lettre de sa poche, demanda un jus d'orange, et, si c'était possible, un couteau. Il ouvrit la lettre à l'aide du couteau, car il craignait, s'il le faisait avec les mains, de déchirer l'adresse au dos de l'enveloppe. Celle-ci ne contenait que trois photomatons. Sur les trois, il se reconnut, enfant. Il se souvenait de l'après-midi où elles avaient été prises, dans une boutique, après le pont Saint-Michel, en face du Palais de Justice. Depuis, il était souvent passé devant cette boutique, exactement la même qu'autrefois.

Il faudrait qu'il retrouve ces trois photomatons pour les comparer à l'agrandissement qui faisait partie du « dossier » d'Ottolini. Dans la valise où il avait entassé des lettres et des papiers qui dataient d'au moins quarante ans et dont, par chance, il avait perdu la clé? Inutile. C'était bien les mêmes photos. « Enfant non identifié. Fouille et arrestation Astrand, Annie. Poste-frontière Vintimille. Le lundi 21 juillet 1952. » On avait dû l'arrêter et la fouiller au moment où elle s'apprêtait à franchir la frontière.

Elle avait lu son roman *Le Noir de l'été* et elle avait reconnu un épisode de cet été-là. Sinon, pourquoi lui aurait-elle écrit après quinze ans? Mais comment avait-elle eu connaissance de son adresse provisoire ? D'autant plus qu'il dormait rarement square du Graisivaudan. Il passait le plus clair de son temps dans une chambre de la rue Coustou et le quartier de la place Blanche.

Il n'avait écrit ce livre que dans l'espoir qu'elle lui fasse signe. Écrire un livre, c'était aussi, pour lui, lancer des appels de phares ou des signaux de morse à l'intention de certaines personnes dont il ignorait ce qu'elles étaient devenues. Il suffisait de semer leurs noms au hasard des pages et d'attendre qu'elles donnent enfin de leurs nouvelles. Mais dans le cas d'Annie Astrand, il n'avait pas cité son nom et il s'était efforcé de brouiller les pistes. Elle ne pouvait se reconnaître dans aucun des personnages. Il n'avait jamais compris que l'on introduise dans un roman un être qui avait compté pour vous. Une fois qu'il s'était glissé dans le roman comme on traverse un miroir, il vous échappait pour toujours. Il n'avait jamais existé dans la vraie vie. On l'avait réduit à néant... Il fallait procéder de manière plus subtile. Ainsi, dans *Le Noir de l'été*, la seule page du livre qui pouvait attirer l'attention d'Annie Astrand, c'était la scène où la femme et l'enfant entrent dans la boutique Photomaton du boulevard du Palais. Il ne comprend pas pourquoi elle le pousse dans la cabine. Elle lui dit de regarder fixement l'écran et de ne pas bouger la tête. Elle tire le rideau noir. Il est assis sur le tabouret. Un éclair l'éblouit et il ferme les yeux. Elle tire de nouveau le rideau noir, et il sort de la cabine. Ils attendent que les photos tombent de la fente. Et il doit recommencer parce qu'il a les yeux fermés sur les photos. Ensuite, elle l'avait emmené boire une grenadine dans le café voisin. Cela s'était passé comme ça. Il avait décrit la scène avec exactitude et il savait que ce passage ne correspondait pas au reste du roman. C'était un morceau de réalité qu'il avait fait passer en fraude, l'un de ces messages personnels que l'on lance dans les petites annonces des journaux et qui ne peuvent être déchiffrés que par une seule personne.

Vers la fin de l'après-midi, il s'étonna de ne pas avoir reçu un coup de téléphone de Chantal Grippay. Pourtant, elle avait dû s'apercevoir qu'elle avait oublié sa robe noire. Il composa son numéro de portable, mais personne ne répondait. Après le signal, c'était le silence. Vous étiez arrivé au bord d'une falaise au-delà de laquelle il n'y avait plus que le vide. Il se demanda si le numéro était encore attribué ou si Chantal Grippay n'avait pas perdu son portable. Ou si elle était encore vivante.

Par contagion, un doute l'effleura concernant Gilles Ottolini. Il tapa sur le clavier de l'ordinateur : « Agence Sweerts, Paris ». Aucune agence Sweerts à Paris, ni dans le quartier de la gare Saint-Lazare ni dans un autre arrondissement. Le prétendu auteur du *Flâneur hippique* n'était qu'un employé fantôme d'une agence imaginaire.

Il voulut savoir si un Ottolini était mentionné square du Graisivaudan, mais, parmi les noms qui figuraient aux huit numéros du square, pas un seul Ottolini. En tout cas, la robe noire était là, sur le dossier du canapé, preuve qu'il n'avait pas rêvé. Il tapa, à tout hasard, « Silvy-Rosa. Couture mode. Rue Estelle. Marseille », mais il n'obtint que « Retouches Rosa, 18, rue du Sauvage, 68100 Mulhouse ». Depuis quelques années, il ne se servait presque plus de cet ordinateur sur lequel la plupart de ses recherches tournaient court. Les rares personnes dont il aurait aimé retrouver la trace avaient réussi à échapper à la vigilance de cet appareil. Elles s'étaient glissées à travers les mailles du filet parce qu'elles appartenaient à une autre époque et qu'elles n'étaient pas des enfants de chœur. Il se rappela son père qu'il avait à peine connu et qui lui disait d'une voix douce : « Je découragerais dix juges d'instruction. » Aucune trace de son père dans l'ordinateur. Pas plus que de Torstel ou de Perrin de Lara dont il avait tapé les noms sur le clavier, la veille, avant l'arrivée de Chantal Grippay. Dans le cas de Perrin de Lara, il s'était produit le phénomène habituel : des quantités de Perrin s'affichaient sur l'écran, et la nuit ne suffirait pas à épuiser leur liste. Ceux dont il aurait aimé avoir des nouvelles se cachaient souvent dans une foule d'anonymes, ou bien derrière un personnage célèbre qui portait le même nom. Et quand il tapait sur le clavier une question directe : « Jacques Perrin de Lara est-il encore vivant ? Si oui, donnez-moi son adresse », l'ordinateur était incapable de répondre, et l'on sentait passer à travers les multiples fils qui reliaient l'appareil à des prises électriques une certaine hésitation et une certaine gêne. Parfois, vous **étiez** entraîné sur des fausses pistes : « Astrand » proposait des résultats en Suède, et plusieurs personnes de ce nom se regroupaient dans la ville de Göteborg. Il faisait chaud et cet été indien se prolongerait sans doute jusqu'en novembre. Il décida de sortir au lieu d'attendre dans son bureau, comme d'habitude, le coucher du soleil. Tout à l'heure, quand il serait de retour, il tenterait de déchiffrer à l'aide d'une loupe les photocopies des pages dont il avait fait la veille une lecture trop rapide. Ainsi aurait-il peut-être la chance d'apprendre quelque chose sur Annie Astrand. Il regrettait de ne pas lui avoir posé ces questions quand il l'avait revue quinze ans après l'épisode de la boutique Photomaton, mais il avait très vite compris qu'il n'obtiendrait d'elle aucune réponse.

Dehors, il était plus insouciant que les jours précédents. Il avait peut-être tort de se plonger dans ce passé lointain. À quoi bon? Il n'y pensait plus depuis de nombreuses années, si bien que cette période de sa vie avait fini par lui apparaître à travers une vitre dépolie. Elle laissait filtrer une vague clarté, mais on ne distinguait pas les visages ni même les silhouettes. Une vitre lisse, une sorte d'écran protecteur. Peut-être était-il parvenu, grâce à une amnésie volontaire, à se protéger définitivement de ce passé. Ou bien, c'était le temps qui en avait atténué les couleurs et les aspérités trop vives.

Là, sur le trottoir, dans la lumière de l'été indien qui donnait aux rues de Paris une douceur intemporelle, il avait de nouveau l'impression de faire la planche. Cette impression, il ne l'éprouvait que depuis l'année précédente, et il se demandait si elle n'était pas liée à l'approche de la vieillesse. Il avait connu, très jeune, ces instants de demi-sommeil où l'on se laisse dériver – souvent après une nuit blanche –, mais aujourd'hui c'était différent : le sentiment de descendre en roue libre une pente, quand le moteur s'est arrêté. Jusqu'à quand ?

Il glissait, entraîné par une brise et par son poids. Il se heurtait à des piétons qui venaient en sens inverse et ne s'étaient pas écartés assez vite sur son passage. Il s'excusait. Ce n'était pas sa faute. D'habitude, il faisait preuve d'une plus grande vigilance quand il marchait dans la rue, prêt à changer de trottoir s'il voyait, de loin, quelqu'un qu'il connaissait et qui risquait de l'aborder. Il s'était aperçu que l'on rencontre en de très rares occasions une personne que l'on aurait voulu vraiment rencontrer. Deux ou trois fois dans une vie ?

Il aurait volontiers marché jusqu'à la rue de Charonne pour rapporter sa robe à Chantal Grippay, mais il risquait de tomber sur Gilles Ottolini. Et alors ? Voilà qui permettrait d'être mieux fixé sur l'existence incertaine de cet homme. La phrase de Chantal Grippay lui revint : « Ils veulent le licencier à l'agence Sweerts. » Mais elle devait bien savoir que l'agence Sweerts n'existait pas. Et le livre, *Le Flâneur hippique*, dont le copyright datait d'avant-guerre ? Ottolini avait-il apporté le manuscrit aux éditions du Sablier dans une vie antérieure et sous un autre prénom? Lui, Daragane, méritait quand même quelques explications là-dessus.

★

Il était arrivé sous les arcades du Palais-Royal. Il avait marché sans but précis. Mais, en traversant le pont des Arts et la cour du Louvre, il suivait un itinéraire qui lui était familier dans son enfance. Il longeait ce qu'on appelle le Louvre des Antiquaires et il se souvint, au même endroit, des vitrines de Noël des Grands Magasins du Louvre. Et maintenant qu'il s'était arrêté au milieu de la galerie de Beaujolais, comme s'il avait atteint le but de sa promenade, un autre souvenir resurgit. Il avait été enfoui depuis si longtemps, et à une telle profondeur, à l'abri de la lumière, qu'il paraissait neuf. Il se demanda si c'était vraiment un souvenir ou bien un instantané qui n'appartenait plus au passé, après s'être détaché de celui-ci comme un électron libre : sa mère et lui – l'une des rares fois où ils étaient ensemble – entrant dans un magasin de livres et de tableaux, et sa mère parlant avec deux hommes dont l'un assis à un bureau au fond du magasin et l'autre appuyé du coude au marbre d'une cheminée. Guy Torstel. Jacques Perrin de Lara. Figés, là, jusqu'à la fin des temps. Comment se faisait-il que le dimanche d'automne où il était revenu du Tremblay en compagnie de Chantal et de Paul, dans la voiture de Torstel, ce nom ne lui ait rien évoqué, pas plus que sa carte de visite où était pourtant mentionnée l'adresse du magasin ?

Dans la voiture, Torstel avait même fait allusion à « la maison des environs de Paris » où il l'avait vu, enfant, la maison d'Annie Astrand. Il y était resté, lui, Daragane, pendant près d'un an. À Saint-Leu-la-Forêt. « Je me souviens d'un enfant, avait dit Torstel. L'enfant, c'était vous, je suppose... » Et Daragane lui avait répondu sèchement, comme si cela ne le concernait pas. C'était le dimanche où il avait commencé d'écrire *Le Noir de l'été* après que Torstel l'eut déposé square du Graisivaudan. Et pas un moment il n'avait eu la présence d'esprit de lui demander s'il se rappelait la femme qui habitait dans cette maison, à Saint-Leu-la-Forêt, « une certaine Annie Astrand ». Et s'il savait à tout hasard ce qu'elle était devenue.

Il s'assit sur un banc du jardin, au soleil, près des arcades de la galerie de Beaujolais. Il avait dû marcher pendant plus d'une heure sans même remarquer qu'il faisait encore plus chaud que les autres jours. Torstel. Perrin de Lara. Mais oui, il avait rencontré Perrin de Lara une dernière fois, la même année que celle du dimanche au Tremblay – il avait à peine vingt et un ans –, et cette rencontre serait tombée dans la nuit froide de l'oubli – comme dit la chanson – s'il n'avait pas été question d'Annie Astrand. Un soir, il se trouvait dans un café du rond-point des Champs-Élysées, que l'on avait transformé en drugstore les années suivantes. Il était dix heures. Une halte avant de reprendre sa marche vers le square du Graisivaudan, ou plutôt vers une chambre de la rue Coustou qu'il louait depuis quelque temps pour six cents francs par mois.

Cette nuit-là, il ne s'était pas tout de suite aperçu de la présence de Perrin de Lara, devant lui, sur la terrasse. Seul.

Pourquoi lui avait-il adressé la parole ? Il ne l'avait pas vu depuis plus de dix ans, et cet homme ne pouvait certainement pas le reconnaître. Mais il écrivait son premier livre, et Annie Astrand occupait son esprit d'une manière lancinante. Peut-être Perrin de Lara savait-il quelque chose sur elle ?

Il s'était planté devant sa table, et l'autre avait levé la tête. Non, il ne le reconnaissait pas.

« Jean Daragane.

— Ah... Jean... »

Il lui souriait, d'un faible sourire, comme s'il était gêné que quelqu'un le rencontre à cette heure-là, seul, dans un tel endroit.

« Depuis le temps, vous avez grandi... Asseyez-vous, Jean... »

Il lui désignait le siège, en face de lui. Daragane hésita une fraction de seconde. La porte vitrée de la terrasse était entrouverte. Il suffisait de dire la phrase qui lui était habituelle : « Attendez... je reviens... » Puis de sortir à l'air libre dans la nuit, et de respirer un grand coup. Et surtout d'éviter de se retourner sur une ombre, là-bas, qui resterait pour l'éternité à attendre, seule, à la terrasse d'un café.

Il s'assit. Le visage de statue romaine de Perrin de Lara s'était empâté et les boucles de ses cheveux avaient pris une teinte grisâtre. Il portait une veste de toile bleu marine, trop légère pour la saison. Devant lui, un verre de Martini à moitié bu, que Daragane reconnut à la couleur.

« Et votre mère ? Il y a des années que je ne lui ai pas fait signe... Vous savez... nous étions comme frère et sœur... »

Il haussa les épaules, et son regard eut une expression soucieuse.

« J'ai été longtemps absent de Paris... »

Apparemment, il aurait voulu lui confier les raisons de cette longue absence. Mais il restait silencieux.

« Et vous avez revu vos amis Torstel et Bob Bugnand ? »

Perrin de Lara parut surpris d'entendre ces deux noms dans la bouche de Daragane. Surpris, et méfiant.

« Vous en avez de la mémoire... vous vous rappelez ces deux-là ?... »

Il regardait fixement Daragane, et ce regard le gênait.

« Non... je ne les vois plus... c'est fou comme les enfants ont de la mémoire... Et vous, quoi de neuf ? »

Daragane sentit percer de l'amertume dans cette question. Mais peut-être se trompait-il, ou bien chez Perrin de Lara était-ce tout simplement l'effet d'un Martini que l'on boit seul, à dix heures du soir, en automne, à la terrasse d'un café ?

« J'essaie d'écrire un livre... »

Il se demanda pourquoi il lui avait fait cet aveu.

« Ah... comme du temps où vous étiez jaloux de Minou Drouet ? »

Daragane avait oublié ce nom. Mais oui, c'était la petite fille de son âge qui avait publié autrefois le recueil de poèmes *Arbre, mon ami.*

« C'est très difficile, la littérature... je suppose que vous avez déjà dû vous en apercevoir... »

Perrin de Lara avait pris un ton sentencieux qui étonna Daragane. Le peu de chose qu'il savait de lui et le souvenir d'enfance qu'il en gardait lui auraient fait penser que cet homme était plutôt frivole. Une silhouette qui s'appuie du coude au marbre des cheminées. Avait-il appartenu comme sa mère et Torstel, et peut-être Bob Bugnand lui aussi, au « club des Chrysalides » ?

Il finit par lui dire :

« Alors, après cette longue absence, vous êtes revenu définitivement à Paris ? »

L'autre haussa les épaules et jeta à Daragane un regard hautain, comme si celui-ci lui avait manqué de respect.

« Je ne sais pas ce que vous entendez par " définitivement ". »

Daragane l'ignorait lui aussi. Il avait simplement dit cela pour meubler la conversation. Et ce type prenait la mouche... Il avait envie de se lever et de lui lancer : « Eh bien, bonne chance, monsieur... » et, avant de franchir la porte vitrée de la terrasse, il lui ferait un sourire et un signe d'adieu de la main, comme sur un quai de gare. Il se retint. Il fallait avoir de la patience. Il savait peut-être quelque chose sur Annie Astrand.

« Vous me donniez des conseils de lecture... Vous vous souvenez ? »

Il s'efforçait de prendre une voix émue. Et c'était vrai, après tout, que ce fantôme lui avait offert, quand il était enfant, les *Fables* de La Fontaine dans la collection à couverture vert pâle des Classiques Hachette. Et quelque temps plus tard, le même homme lui avait conseillé de lire *Fabrizio Lupo* quand il serait grand.

« Décidément, vous avez beaucoup de mémoire... »

Le ton s'était radouci, et Perrin de Lara lui souriait. Mais ce sourire était un peu crispé. Il se pencha vers Daragane :

« Je vais vous dire... Je ne reconnais plus le Paris où j'ai vécu... Il a suffi de cinq ans d'absence... j'ai l'impression d'être dans une ville étrangère... »

Il serrait les mâchoires comme pour empêcher les mots de sortir de sa bouche dans un flot désordonné. Sans doute n'avait-il parlé à personne depuis longtemps.

« Les gens ne répondent plus au téléphone... Je ne sais pas s'ils sont encore vivants, s'ils m'ont oublié, ou s'ils n'ont plus le temps de prendre une communication... »

Le sourire était devenu plus large, le regard plus tendre. Peut-être voulait-il atténuer la tristesse de ses paroles, une tristesse qui s'accordait bien à la terrasse déserte où l'éclairage laissait des zones de pénombre.

Il parut regretter d'avoir fait ces confidences. Il redressa le buste et tourna la tête vers la porte vitrée de la terrasse. Malgré l'empâtement du visage et les boucles grises qui donnaient maintenant à sa chevelure l'aspect d'une perruque, il gardait cette immobilité de statue qui était souvent la sienne il y avait dix ans, l'une des rares images de Jacques Perrin de Lara dont Daragane se souvenait. Et il avait aussi l'habitude de se mettre souvent de profil pour parler à ses interlocuteurs, comme en ce moment. On avait dû lui dire autrefois qu'il avait un assez beau profil, mais tous ceux qui lui avaient dit cela étaient morts.

« Vous habitez dans le quartier? » lui demanda Daragane.

De nouveau, il se penchait vers lui et il hésitait à répondre.

« Pas très loin... dans un petit hôtel du quartier des Ternes...

— Il faudrait que vous me donniez l'adresse...

— Vous y tenez vraiment?

— Oui... Ça me ferait plaisir de vous revoir. »

Il allait maintenant entrer dans le vif du sujet. Et il en éprouvait une certaine appréhension. Il s'éclaircit la gorge.

« Je voudrais vous demander un renseignement... »

Sa voix était blanche. Il remarqua la surprise sur le visage de Perrin de Lara.

« C'est au sujet de quelqu'un que vous avez peut-être connu... Annie Astrand... »

Il avait prononcé ce nom assez fort et en articulant bien les syllabes, comme au téléphone quand des grésillements risquent d'étouffer votre voix.

« Répétez-moi le nom...

— ANNIE ASTRAND. »

Il l'avait presque crié et il lui semblait avoir lancé un appel au secours.

« J'ai habité longtemps chez elle dans une maison à Saint-Leu-la-Forêt... »

Les mots qu'il venait de prononcer étaient très clairs et d'une sonorité métallique dans le silence de cette terrasse, mais il pensa que cela ne servait à rien.

« Oui... je vois... nous sommes allés vous visiter une fois, là-bas, avec votre mère... »

Il s'était tu, et il ne dirait plus rien sur le sujet. Il ne s'agissait que d'un souvenir lointain qui ne le concernait pas. Il ne faut jamais compter sur personne pour répondre à vos questions.

Pourtant, il ajouta :

« Une femme très jeune... dans le genre danseuse de cabaret... Bob Bugnand et Torstel la connaissaient mieux que moi... et votre mère aussi... Je crois qu'elle avait fait de la prison... Et pourquoi donc vous intéressez-vous à cette femme?

— Elle a beaucoup compté pour moi.

— Ah bon... Eh bien, je regrette de ne pas pouvoir vous renseigner... J'avais vaguement entendu parler d'elle par votre mère et Bob Bugnand... »

Il avait pris une voix mondaine. Daragane se demanda s'il n'imitait pas quelqu'un qui l'avait

impressionné dans sa jeunesse et dont il s'était
exercé, le soir devant une glace, à copier les gestes
et les intonations, quelqu'un qui avait représenté
pour lui, bon garçon un peu naïf, toute l'élégance
parisienne.

« La seule chose que je peux vous dire, c'est
qu'elle a fait de la prison... je ne sais vraiment rien
d'autre sur cette femme... »

On avait éteint les néons de la terrasse pour faire
comprendre à ces deux derniers clients que le café
allait fermer. Perrin de Lara restait silencieux dans
la pénombre. Daragane pensa à cette salle de
cinéma de Montparnasse où il était entré l'autre
soir pour s'abriter de la pluie. Elle n'était pas
chauffée, et les rares spectateurs avaient gardé leurs
manteaux. Souvent, au cinéma, il fermait les yeux.
Les voix et la musique d'un film étaient pour lui
plus suggestives que l'image. Il lui revenait à l'esprit
une phrase du film de ce soir-là, dite d'une voix
sourde, avant que la lumière ne se rallume, et il
avait eu l'illusion que c'était lui-même qui la pro-
nonçait : « Pour aller jusqu'à toi, quel drôle de
chemin il m'a fallu prendre. »

Quelqu'un lui tapotait l'épaule :

« Messieurs, nous allons fermer... Il est temps de
partir... »

Ils avaient traversé l'avenue et ils marchaient dans
le jardin là où se dressent, le jour, les stands du
marché aux timbres. Daragane hésitait à prendre
congé de Perrin de Lara. Celui-ci s'arrêta, comme si
une idée lui avait brusquement traversé l'esprit :

« Je ne saurais même pas vous dire pourquoi elle a fait de la prison... »

Il lui tendit une main que Daragane serra.

« À très bientôt, j'espère... Ou peut-être à dans dix ans... »

Daragane ne savait quoi lui répondre et il restait là, sur le trottoir, à le suivre des yeux. L'autre s'éloignait dans sa veste trop légère. Il marchait sous les arbres d'un pas très lent, et, au moment où il allait traverser l'avenue de Marigny, il faillit perdre l'équilibre, poussé dans le dos par un coup de vent et une brassée de feuilles mortes.

De retour chez lui, il écouta le répondeur pour savoir si Chantal Grippay ou Gilles Ottolini avait laissé un message. Rien. La robe noire aux hirondelles était toujours posée sur le dossier du canapé et la chemise en carton orange, à la même place sur son bureau, près du téléphone. Il en sortit les photocopies.

Pas grand-chose, à première vue, sur Annie Astrand. Si, pourtant. L'adresse de la maison de Saint-Leu-la-Forêt était mentionnée : « 15, rue de l'Ermitage », suivie d'un commentaire indiquant qu'on y avait fait une perquisition. Elle avait eu lieu la même année que celle où Annie l'avait emmené dans la boutique Photomaton et où elle avait subi une fouille au poste-frontière de Vintimille. On citait son frère Pierre (6, rue Laferrière, Paris IXe) et Roger Vincent (12, rue Nicolas-Chuquet, Paris XVIIe) dont on se demandait s'il n'était pas son « protecteur ».

Il était même précisé que la maison de Saint-Leu-la-Forêt était au nom de Roger Vincent. Figurait aussi la copie d'un rapport beaucoup plus ancien de la Direction de la Police judiciaire, Brigade mondaine, Enquêtes et renseignements, concernant la nommée Astrand Annie demeurant en hôtel, 46, rue Notre-Dame-de-Lorette, et où était écrit : « Connue à l'Étoile Kléber. » Mais tout cela était confus, comme si quelqu'un – Ottolini? – en recopiant à la va-vite des documents d'archives avait sauté des mots et mis bout à bout certaines phrases prises au hasard et sans aucun lien les unes avec les autres.

Était-ce vraiment utile de se plonger de nouveau dans cette masse épaisse et visqueuse? En poursuivant sa lecture, Daragane éprouvait une impression semblable à celle de la veille lorsqu'il tentait de déchiffrer les mêmes pages : des phrases que vous entendez dans un demi-sommeil, et les quelques mots dont vous vous souvenez au matin n'ont aucun sens. Tout cela, émaillé d'adresses précises : 15, rue de l'Ermitage, 12, rue Nicolas-Chuquet, 46, rue Notre-Dame-de-Lorette, sans doute pour trouver des points de repère à quoi s'accrocher dans ce sable mouvant.

Il était sûr qu'il déchirerait ces pages les jours prochains et qu'il en serait soulagé. D'ici là, il les laisserait sur son bureau. Une dernière lecture lui ferait peut-être découvrir un indice enfoui qui le mettrait sur la trace d'Annie Astrand.

Il faudrait qu'il retrouve l'enveloppe qu'elle lui avait envoyée, autrefois, avec les photomatons. Le jour où il l'avait reçue, il avait consulté l'annuaire par rues. Au 18 de la rue Alfred-Dehodencq, aucune Annie Astrand. Et comme elle ne lui avait pas indiqué son numéro de téléphone, il ne lui restait plus qu'à lui écrire... Mais aurait-il une réponse de sa part?

Ce soir, dans son bureau, tout cela lui paraissait si lointain... Depuis dix ans déjà on avait changé de siècle... Et pourtant, au détour d'une rue, en croisant un visage – et même il suffisait souvent d'un mot surpris dans une conversation ou d'une note de musique –, le nom, Annie Astrand, lui revenait en mémoire. Mais c'était de plus en plus rare et de plus en plus bref, un signal lumineux qui s'éteignait aussitôt.

Il avait hésité à lui écrire ou à lui envoyer un télégramme. 18, rue Alfred-Dehodencq. PRIÈRE DONNER NUMÉRO DE TÉLÉPHONE. JEAN. Ou un pneumatique, comme on le faisait encore en ce temps-là. Et puis, il avait décidé de se rendre à cette adresse, lui qui n'aimait pas les visites à l'improviste, ni ceux qui vous abordent de manière brutale dans la rue.

C'était en automne, le jour de la Toussaint. Il y avait du soleil, cet après-midi-là. Pour la première fois de sa vie, le mot « Toussaint » ne provoquait pas chez lui un sentiment de tristesse. Place Blanche, il avait pris le métro. Il fallait changer deux fois. À Étoile et Trocadéro. Le dimanche et les jours fériés, les rames mettaient longtemps à venir, et il se disait qu'il n'aurait pas pu revoir Annie Astrand un autre jour qu'un jour férié. Il compta les années : quinze, depuis l'après-midi où elle l'avait emmené dans la boutique Photomaton. Il se souvenait d'un matin, à la gare de Lyon. Ils étaient montés dans le train tous les deux, un train bondé du premier jour des grandes vacances.

En attendant la rame à la station Trocadéro, il fut saisi d'un doute : elle n'était peut-être pas à Paris aujourd'hui. Après quinze ans, il ne la reconnaîtrait plus.

La rue se terminait par une grille. Derrière celle-ci, les arbres des jardins du Ranelagh. Pas une seule voiture le long des trottoirs. Le silence. On aurait cru que personne n'habitait ici. Le 18 était le dernier numéro, tout au fond, à droite, avant la grille et les arbres. Un immeuble blanc, ou plutôt une grande maison de deux étages. À la porte d'entrée, un interphone. Et un nom, à côté du seul bouton de cet interphone : VINCENT.

L'immeuble lui parut abandonné, comme la rue. Il pressa le bouton. Il entendit, venant de l'interphone, un grésillement et ce qui aurait pu être le bruit du vent dans le feuillage. Il se pencha et dit à deux reprises, en articulant bien les syllabes : JEAN DARAGANE. Une voix de femme à moitié étouffée par le bruit du vent lui répondit : « Premier étage. »

La porte vitrée s'ouvrit lentement et il se trouva dans un hall aux murs blancs éclairé par une applique. Il ne prit pas l'ascenseur et monta par l'escalier qui faisait un coude. Quand il fut arrivé sur le palier, elle se tenait dans l'entrebâillement de la porte, le visage à moitié caché. Puis elle tira le battant et le fixa du regard comme si elle avait du mal à le reconnaître.

« Entre, mon petit Jean... »

Une voix timide, mais un peu rauque, la même que celle d'il y avait quinze ans. Le visage n'avait pas changé non plus, ni le regard. Les cheveux étaient moins courts. Ils lui tombaient jusqu'aux épaules. Quel âge avait-elle maintenant ? Trente-six ans ? Dans le vestibule, elle le fixait toujours avec curiosité. Il cherchait quelque chose à lui dire :

« Je ne savais pas s'il fallait appuyer sur le bouton où il était écrit "Vincent"...

— Je m'appelle Vincent maintenant... J'ai même changé de prénom, figure-toi... Agnès Vincent... »

Elle le guidait dans la pièce voisine qui devait servir de salon, mais dont les seuls meubles étaient un canapé et, à côté, un lampadaire. Une grande baie vitrée à travers laquelle il vit des arbres qui n'avaient pas perdu leurs feuilles. Il faisait encore jour. Des reflets de soleil sur le parquet et sur les murs.

« Assieds-toi, mon petit Jean... »

Elle prit place à l'autre bout du canapé, comme pour mieux l'observer.

« Tu te souviens peut-être de Roger Vincent ? »

À peine avait-elle prononcé ce nom qu'il se souvint en effet d'une voiture américaine décapotable garée devant la maison de Saint-Leu-la-Forêt, et au volant de laquelle se tenait un homme qu'il avait pris, la première fois, pour un Américain lui aussi à cause de sa haute taille et d'un léger accent quand il parlait.

« Je me suis mariée il y a quelques années avec Roger Vincent... »

Elle le regardait et elle avait un sourire gêné. Pour qu'il lui pardonne ce mariage ?

« Il est de moins en moins à Paris... Je crois qu'il serait heureux de te revoir... Je lui ai téléphoné l'autre jour et je lui ai dit que tu avais écrit un livre... »

Un après-midi, à Saint-Leu-la-Forêt, Roger Vincent était venu le chercher à la sortie de l'école dans sa voiture américaine décapotable. Elle glissait

91

le long de la rue de l'Ermitage sans qu'on entende le bruit du moteur.

« Je n'ai pas encore lu ton livre jusqu'au bout... Je suis tout de suite tombée sur le passage de la boutique Photomaton... Tu sais, je ne lis jamais de romans... »

Elle avait l'air de s'excuser, comme tout à l'heure quand elle lui avait fait part de son mariage avec Roger Vincent. Mais non, ce n'était pas la peine qu'elle lise ce livre « jusqu'au bout » maintenant qu'ils étaient assis l'un et l'autre sur le canapé.

« Tu as dû te demander comment j'ai pu avoir ton adresse... J'ai rencontré quelqu'un qui t'a ramené en voiture chez toi l'année dernière... »

Elle fronçait les sourcils et semblait chercher un nom. Mais Daragane avait trouvé, lui :

« Guy Torstel ?

— Oui... Guy Torstel... »

Pourquoi des gens dont vous ne soupçonniez pas l'existence, que vous croisez une fois et que vous ne reverrez plus, jouent-ils, en coulisse, un rôle important dans votre vie ? Grâce à cet individu, il avait retrouvé Annie. Il aurait voulu remercier ce Torstel.

« J'avais complètement oublié cet homme... Il doit habiter le quartier... Il m'a abordée dans la rue... Il m'a dit qu'il était venu dans la maison de Saint-Leu-la-Forêt, il y a quinze ans... »

Sans doute était-ce la rencontre avec Torstel l'automne dernier sur le champ de courses qui avait rafraîchi la mémoire de celui-ci. Torstel avait parlé de la maison de Saint-Leu-la-Forêt. Lui, Daragane, quand Torstel avait dit : « Je ne me rappelle plus quel était cet endroit aux environs de Paris », et aussi : « L'enfant, c'était vous, je suppose », il n'avait pas voulu répondre. Depuis longtemps, il ne pensait plus à Annie Astrand ni à Saint-Leu-la-Forêt. Pourtant, cette rencontre avait brusquement ravivé des souvenirs qu'il prenait garde, sans en avoir clairement conscience, de ne pas réveiller. Et voilà, c'était fait. Ils étaient bien tenaces, ces souvenirs. Le soir même il commençait à écrire son livre.

« Il m'a dit qu'il t'avait rencontré sur un champ de courses... »

Elle souriait comme s'il s'agissait d'une plaisanterie.

« J'espère que tu n'es pas joueur.

— Mais non, pas du tout. »

Lui, joueur ? Il n'avait jamais compris pourquoi tous ces gens, dans les casinos, restaient longtemps autour des tables, silencieux, immobiles, avec leurs têtes de morts-vivants. Et chaque fois que Paul lui parlait de martingales, il avait peine à soutenir son attention.

« Les joueurs, ça finit toujours très mal, mon petit Jean. »

Peut-être en savait-elle long sur le sujet. Souvent, elle rentrait très tard dans la maison de Saint-Leu-la-Forêt, et lui, Daragane, il lui était arrivé de ne pas pouvoir s'endormir avant son retour. Quel soulagement d'entendre le bruit des pneus de sa voiture sur le gravier et le moteur dont on sait qu'il va s'éteindre. Et son pas, le long du couloir... Que faisait-elle à Paris jusqu'à deux heures du matin ? Elle jouait peut-être. Après toutes ces années, et maintenant qu'il n'était plus un enfant, il aurait bien voulu lui poser la question.

« Je n'ai pas très bien compris ce que fait ce monsieur Torstel... Je crois qu'il est antiquaire au Palais-Royal... »

Apparemment, elle ne savait pas trop quoi lui dire. Il aurait souhaité la mettre à l'aise. Elle devait ressentir la même chose que lui, comme la présence d'une ombre entre eux, dont ni l'un ni l'autre ne pouvaient parler.

« Alors maintenant, tu es un écrivain ? »

Elle lui souriait, et ce sourire lui semblait ironique. Écrivain. Pourquoi ne pas lui avouer qu'il avait écrit *Le Noir de l'été* à la manière d'un avis de recherche ? Avec un peu de chance, ce livre attirerait son attention, et elle lui donnerait signe de vie. Voilà ce qu'il avait pensé. Rien de plus.

Le jour baissait, mais elle n'allumait pas le lampadaire à côté d'elle.

« J'aurais dû te faire signe avant, mais j'ai eu une vie un peu mouvementée... »

Elle venait d'employer le passé composé, comme si sa vie était finie.

« Ça ne m'a pas étonnée que tu sois devenu écrivain. Quand tu étais petit, à Saint-Leu-la-Forêt, tu lisais beaucoup... »

Daragane aurait préféré qu'elle lui parlât de sa vie à elle, mais apparemment elle ne le voulait pas. Elle se tenait, sur le canapé, de profil. Une image

94

qui avait gardé une grande netteté, malgré toutes ces années perdues, lui revint en mémoire. Un après-midi, Annie, dans la même position, le buste droit, de profil, assise au volant de sa voiture et lui, enfant, à côté d'elle. La voiture était garée devant le portail de la maison, à Saint-Leu-la-Forêt. Il avait remarqué une larme, à peine visible, qui glissait sur sa joue droite. Elle avait eu un geste brusque du coude pour l'essuyer. Puis elle avait mis le moteur en marche, comme si de rien n'était.

« L'année dernière, dit Daragane, j'ai rencontré quelqu'un d'autre qui t'a connue... à l'époque de Saint-Leu-la-Forêt... »

Elle se tourna vers lui et lui jeta un regard inquiet.

« Qui ?

— Un certain Jacques Perrin de Lara.

— Non, je ne vois pas... j'ai tellement croisé de gens du temps de Saint-Leu-la-Forêt...

— Et Bob Bugnand, ça ne te dit rien ?

— Non. Rien du tout. »

Elle s'était rapprochée de lui et lui caressait le front.

« Qu'est-ce qui se passe dans cette tête, mon petit Jean ? Tu veux me soumettre à un interrogatoire ? »

Elle le regardait droit dans les yeux. Aucune menace dans ce regard. Juste un peu d'inquiétude. De nouveau, elle lui caressait le front.

« Tu sais... je n'ai pas de mémoire... »

Il se souvint des paroles de Perrin de Lara : « La seule chose que je peux vous dire, c'est qu'elle a fait de la prison. » S'il lui répétait cela, elle témoignerait la plus grande surprise. Elle hausserait les épaules et elle lui répondrait : « Il doit me confondre avec une autre », ou bien : « Et tu l'as cru, mon petit Jean ? » Et peut-être serait-elle sincère. On finit par oublier les détails de notre vie qui nous gênent ou qui sont trop douloureux. Il suffit de faire la planche et de se laisser doucement flotter sur les eaux profondes, en fermant les yeux. Non, il ne s'agit pas toujours d'un oubli volontaire, lui avait expliqué un médecin avec lequel il avait engagé la conversation dans le café, au bas des blocs d'immeubles du square du Graisivaudan. Cet homme lui avait d'ailleurs dédicacé un petit ouvrage qu'il avait écrit aux Presses universitaires de France, *L'Oubli*.

« Tu voudrais que je t'explique pourquoi je t'ai emmené faire des photomatons ? »

Daragane sentit qu'elle n'abordait pas ce sujet de gaieté de cœur. Mais le soir tombait et, dans ce salon, la pénombre pouvait faciliter les confidences.

« C'est très simple... En l'absence de tes parents, je voulais t'emmener avec moi en Italie... mais pour cela, tu avais besoin d'un passeport... »

Dans la valise jaune en carton bouilli qu'il trimballait de chambre en chambre depuis quelques années et qui contenait des cahiers de classe, des bulletins, des cartes postales reçues dans son enfance et les livres qu'il lisait à cette époque-là : *Arbre, mon ami*, *Le Cargo du mystère*, *Le Cheval sans tête*, *Les Mille et Une Nuits*, il y avait peut-être un vieux passeport à son nom, avec la photomaton, l'un de ces passeports bleu marine. Mais il n'ouvrait jamais la valise. Elle était fermée à clé, et la clé, il l'avait perdue. Comme le passeport, sans doute.

« Et puis, je n'ai pas pu t'emmener en Italie... J'ai dû rester en France... Nous avons passé quelques jours sur la Côte d'Azur... Et après, tu es rentré chez toi... »

Son père était venu le chercher dans une maison vide, et ils avaient pris le train de retour pour Paris. Qu'est-ce qu'elle voulait dire exactement par « chez toi » ? Il avait beau fouiller dans sa mémoire, il n'avait pas le moindre souvenir de ce que le langage courant appelle un « chez-soi ». Le train était arrivé, très tôt le matin, à la gare de Lyon. Et puis, de longues, d'interminables années de pensionnat.

« Quand j'ai lu le passage de ton livre, j'ai cherché dans mes papiers et j'ai retrouvé les photomatons... »

Il faudrait que Daragane attende plus de quarante ans pour connaître un autre détail de cette aventure : les photomatons d'un « enfant non identifié » que l'on avait saisies au cours d'une fouille au poste-frontière de Vintimille. « Tout ce que je sais sur cette femme, lui avait dit Perrin de Lara, c'est qu'elle a fait de la prison. » Alors, certainement, on lui avait rendu les photomatons et d'autres objets de cette fouille quand elle était sortie de prison. Mais là, sur ce canapé, à côté d'elle, Daragane ignorait encore ce détail. On apprend, souvent trop tard pour lui en parler, un épisode de sa vie qu'un proche vous a caché. Est-ce qu'il vous l'a vraiment caché ? Il l'a

oublié, ou plutôt, avec le temps, il n'y pense plus.
Ou, tout simplement, il ne trouve pas les mots.

« C'est dommage que nous n'ayons pas pu aller
en Italie », dit Daragane avec un grand sourire.

Il sentit qu'elle voulait lui faire une confidence.
Mais elle secoua légèrement la tête, comme si elle
écartait de mauvaises pensées – ou de mauvais souvenirs.

« Alors, tu habites square du Graisivaudan?

— Plus vraiment. J'ai trouvé une chambre à louer
dans un autre quartier. »

Il avait gardé la clé de la chambre du square du
Graisivaudan dont le propriétaire était absent de
Paris. Alors, il y allait quelquefois en fraude. La
perspective de se réfugier dans deux endroits diffé-
rents le rassurait.

« Oui, une chambre du côté de la place Blanche...

— À Blanche? »

Ce mot semblait évoquer pour elle un paysage
familier.

« Tu m'emmèneras un jour dans ta chambre? »

Il faisait presque nuit, et elle alluma le lampadaire. Ils étaient l'un et l'autre au milieu d'un halo
de lumière, et le salon restait dans l'ombre.

« J'ai bien connu le quartier de la place Blanche...
Tu te souviens de mon frère Pierre?... Il avait un
garage là-bas. »

Un jeune homme brun. À Saint-Leu-la-Forêt, il
dormait quelquefois dans la petite chambre, à
gauche, au fond du couloir, celle dont la fenêtre
donnait sur la cour et sur le puits. Daragane se sou-

venait de sa canadienne et de sa voiture, une quatre-chevaux. Un dimanche, ce frère d'Annie – depuis tout ce temps, il avait oublié son prénom – l'avait emmené au cirque Médrano. Puis, ils étaient revenus dans la quatre-chevaux à Saint-Leu-la-Forêt.

« Je ne vois plus Pierre depuis que j'habite ici...

— Drôle d'endroit », dit Daragane.

Et il tournait la tête vers la baie vitrée – un grand écran noir derrière lequel on ne distinguait plus le feuillage des arbres.

« Ici, on est au bout du monde, mon petit Jean. Tu ne trouves pas ? »

Il avait été surpris tout à l'heure par le silence de la rue et par la grille, au bout, qui faisait de cette rue une impasse. Quand la nuit tombait, on pouvait imaginer que l'immeuble était à la lisière d'une forêt.

« C'est Roger Vincent qui loue cette maison depuis la guerre... Elle était sous séquestre... Elle appartenait à des gens qui ont dû quitter la France... Tu sais, avec Roger Vincent, les choses sont toujours un peu compliquées... »

Elle l'appelait « Roger Vincent », et jamais « Roger » tout court. Lui aussi, Daragane, dans son enfance, il le saluait par un « Bonjour, Roger Vincent ».

« Je ne vais pas pouvoir rester là... Ils vont louer la maison à une ambassade, ou la détruire... Quelquefois, la nuit, j'ai peur de me retrouver toute seule ici... Le rez-de-chaussée et le deuxième étage sont inoccupés... Et Roger Vincent n'est presque jamais là. »

Elle préférait lui parler du présent, et Daragane le comprenait très bien. Il se demandait si cette femme était la même que celle qu'il avait connue, enfant, à Saint-Leu-la-Forêt. Et lui, qui était-il ? Quarante ans plus tard, quand l'agrandissement de la photomaton lui tomberait entre les mains, il ne saurait même plus que c'était lui, cet enfant-là.

★

Plus tard, elle avait voulu l'emmener dîner, tout près de chez elle, et ils avaient échoué dans une brasserie, chaussée de la Muette. Ils étaient assis, tout au fond de la salle, l'un en face de l'autre.

« Je me souviens que nous allions quelquefois tous les deux au restaurant, à Saint-Leu-la-Forêt, lui dit Daragane.

— Tu es sûr ?

— Le restaurant s'appelait le Chalet de l'Ermitage. »

Ce nom l'avait frappé dans son enfance puisque c'était le même que celui de la rue.

Elle haussait les épaules.

« Ça m'étonne... Je n'aurais jamais emmené un enfant au restaurant... »

Elle l'avait dit d'un ton sévère qui surprit Daragane.

« Tu as habité encore longtemps dans la maison de Saint-Leu-la-Forêt ?

— Non... Roger Vincent l'a vendue... Tu sais, cette maison appartenait à Roger Vincent. »

100

Il avait toujours cru que la maison était celle d'Annie Astrand. Ce prénom et ce nom lui semblaient à l'époque liés l'un à l'autre : Anniastrand.

« Je suis resté environ un an là-bas, non ? »

Il avait posé la question du bout des lèvres, comme s'il craignait qu'elle ne reste sans réponse.

« Oui... un an... je ne sais plus... ta mère voulait que tu prennes l'air de la campagne... J'avais l'impression qu'elle cherchait à se débarrasser de toi...

— Tu l'avais connue comment ?

— Oh... par des amis... je rencontrais tellement de gens en ce temps-là... »

Daragane comprit qu'elle ne lui dirait pas grand-chose sur cette période de Saint-Leu-la-Forêt. Il faudrait qu'il se contente de ses souvenirs à lui, de rares et pauvres souvenirs dont il n'était même plus sûr de l'exactitude, puisqu'elle venait de lui dire qu'elle n'aurait jamais emmené un enfant au restaurant.

« Excuse-moi, mon petit Jean... Je ne pense presque jamais au passé... »

Elle hésita un instant, et puis :

« À l'époque, j'ai eu des moments difficiles... Je ne sais pas si tu te souviens de Colette ? »

Ce prénom éveilla une très vague réminiscence chez lui, aussi insaisissable qu'un reflet qui passe trop vite sur un mur.

« Colette... Colette Laurent... Il y avait un portrait d'elle dans ma chambre, à Saint-Leu-la-Forêt... Elle avait posé pour des peintres... C'était une amie d'adolescence... »

Il se rappelait bien le tableau entre les deux fenêtres. Une jeune fille accoudée à une table, le menton dans la paume de sa main.

« Elle a été assassinée dans un hôtel à Paris... on n'a jamais su par qui... Elle venait souvent à Saint-Leu-la-Forêt... »

Quand Annie était de retour de Paris, vers deux heures du matin, il avait entendu, à plusieurs reprises, dans le couloir, des éclats de rire. Cela voulait dire qu'elle n'était pas seule. Puis, la porte de la chambre se refermait et des murmures lui parvenaient à travers les cloisons. Un matin, ils avaient raccompagné cette Colette Laurent à Paris dans la voiture d'Annie. Elle était assise à l'avant, à côté d'Annie, et lui, seul sur la banquette arrière. Ils s'étaient promenés avec elle dans le jardin des Champs-Élysées, là où se trouve le marché aux timbres. Ils s'étaient arrêtés devant l'un des étals, et Colette Laurent lui avait offert une pochette de timbres, une série de couleurs différentes à l'effigie du roi d'Égypte. À partir de ce jour-là, il avait commencé à faire une collection de timbres. L'album où il les alignait au fur et à mesure derrière les bandes de papier transparent, cet album était peut-être rangé dans la valise en carton bouilli. Il n'avait pas ouvert cette valise depuis dix ans. Il ne pouvait s'en séparer, mais il était quand même soulagé d'en avoir perdu la clé.

Un autre jour, ils étaient allés, en compagnie de Colette Laurent, dans un village de l'autre côté de la forêt de Montmorency. Annie avait garé sa voiture devant une sorte de petit château, et elle lui avait expliqué que c'était le pensionnat où elles avaient fait connaissance, elle et Colette Laurent. Elles avaient visité avec lui le pensionnat, guidées par la directrice. Les salles de classe et les dortoirs étaient vides.

« Alors, tu ne te souviens pas de Colette ?

— Si... bien sûr, dit Daragane. Vous vous êtes connues au pensionnat. »

Elle le regardait avec surprise.

« Comment le sais-tu ?

— Un après-midi, vous m'avez emmené visiter votre ancien pensionnat.

— Tu es sûr ? Je n'en ai aucun souvenir.

— C'était de l'autre côté de la forêt de Montmorency.

— Je ne t'ai jamais emmené là-bas avec Colette... »

Il ne voulut pas la contredire. Il trouverait peut-être des explications dans l'ouvrage que le médecin lui avait dédicacé, ce petit livre à couverture blanche sur l'oubli.

Ils marchaient le long de l'allée, en bordure des jardins du Ranelagh. À cause de la nuit, des arbres, et de la présence d'Annie qui lui avait pris le bras, Daragane eut l'impression de se promener avec elle, comme il le faisait autrefois, dans la forêt de Montmorency. Elle arrêtait la voiture à un carrefour de la forêt, et ils marchaient jusqu'à l'étang de

Fossombrone. Il se souvenait des noms : carrefour du Chêne aux Mouches. Carrefour de la Pointe. L'un de ces noms lui faisait peur : croix du prince de Condé. À la petite école où Annie l'avait inscrit et où elle venait souvent le chercher à quatre heures et demie, l'institutrice avait parlé de ce prince que l'on avait découvert pendu dans sa chambre du château de Saint-Leu, sans qu'on ait jamais su les circonstances exactes de sa mort. Elle l'appelait « le dernier des Condés ».

« À quoi tu penses, mon petit Jean ? »

Elle s'appuyait de la tête contre son épaule, et Daragane eut envie de lui dire qu'il pensait au « dernier des Condés », à l'école et aux promenades en forêt. Mais il craignait qu'elle ne lui réponde : « Non... Tu te trompes... je n'en ai aucun souvenir. » Lui aussi, pendant ces quinze dernières années, il avait fini par tout oublier.

« Il faudrait que tu me fasses visiter ta chambre... J'aimerais bien me retrouver avec toi dans le quartier de la place Blanche... »

Peut-être se rappelait-elle qu'ils avaient passé quelques jours dans ce quartier avant le départ en train pour le Midi. Mais, là encore, il n'osait pas lui poser la question.

« Tu trouveras cette chambre trop petite... dit Daragane. Et puis, elle n'est pas chauffée...

— Ça n'a pas d'importance... tu n'imagines pas comme nous crevions de froid, l'hiver, quand nous étions très jeunes, dans ce quartier, avec mon frère Pierre. »

Et ce souvenir, au moins, ne lui était pas douloureux, puisqu'elle éclata de rire.

Ils étaient arrivés au bout de l'allée, tout près de
la Porte de la Muette. Il se demanda si cette odeur
d'automne, de feuilles et de terre mouillée, ne
venait pas du bois de Boulogne. Ou même, à travers
le temps, de la forêt de Montmorency.

★

Ils avaient fait un détour pour rejoindre ce
qu'elle appelait avec une nuance d'ironie son
« domicile ». À mesure qu'ils marchaient tous les
deux, il se sentait gagné par une douce amnésie. Il
finissait par se demander depuis quand il était en
compagnie de cette inconnue. Il venait peut-être
de la rencontrer, dans l'allée du jardin ou devant
l'un de ces immeubles aux façades aveugles. Et si
par hasard il remarquait une lumière, c'était toujours à la fenêtre d'un dernier étage, comme si
quelqu'un était parti depuis longtemps en oubliant
d'éteindre une lampe.

Elle lui serrait le bras, et l'on aurait dit qu'elle
voulait s'assurer de sa présence.

« J'ai toujours peur quand je reviens à pied chez
moi, à cette heure-là... Je ne sais plus exactement où
je suis... »

Et c'était vrai que l'on traversait un *no man's land*,
ou plutôt une zone neutre dans laquelle on était
coupé de tout.

« Imagine que tu aies besoin d'acheter un paquet

de cigarettes ou de trouver une pharmacie ouverte la nuit... c'est très difficile par ici... »

De nouveau, elle éclatait de rire. Son rire et le bruit de leurs pas résonnaient dans ces rues dont l'une portait le nom d'un écrivain oublié.

Elle sortit de la poche de son manteau un trousseau de clés et elle en essaya plusieurs dans la serrure de la porte d'entrée avant de trouver la bonne.

« Jean... tu m'accompagnes jusqu'en haut...? J'ai peur des fantômes... »

Ils étaient dans l'entrée au dallage noir et blanc. Elle ouvrit une double porte.

« Tu veux que je te fasse visiter le rez-de-chaussée? »

Une enfilade de pièces vides. Des murs de bois clair et de grandes baies vitrées. Une lumière blanche tombait d'appliques incorporées aux murs, juste au-dessous du plafond.

« Ce devait être le salon, la salle à manger et la bibliothèque... À une époque, Roger Vincent y entreposait des marchandises... »

Elle refermait la porte, lui prenait le bras et l'entraînait vers l'escalier.

« Tu veux voir le deuxième étage? »

Elle ouvrit de nouveau une porte et alluma la lumière qui tombait des mêmes appliques à hauteur du plafond. Une pièce vide comme celles du rez-de-chaussée. Elle fit glisser l'un des panneaux de la baie dont le verre était fendu. Une grande terrasse surplombait les arbres du jardin.

« C'était la salle de gymnastique de l'ancien propriétaire... Celui qui habitait ici avant la guerre... »

Daragane remarqua des trous dans le plancher,
un plancher qui lui sembla avoir la consistance du
liège. Au mur était fixé un meuble de bois avec des
fentes supportant de petits haltères.

« Il y a plein de fantômes ici... je n'y viens jamais
toute seule... »

Au premier étage, devant la porte, elle lui posa
une main sur l'épaule.

« Jean... Est-ce que tu peux rester avec moi cette
nuit ? »

Elle le guidait dans la pièce qui servait de salon.
Elle n'allumait pas la lumière. Sur le canapé, elle se
pencha et lui murmura à l'oreille :

« Quand je devrai partir d'ici, est-ce que tu me
recueilleras dans ta chambre de la place Blanche ? »

Elle lui caressait le front. Et, toujours à voix basse :

« Fais comme si nous ne nous étions pas connus
avant. C'est facile... »

Oui, c'était facile après tout, puisqu'elle lui avait
dit qu'elle avait changé de nom, et même de
prénom.

Vers onze heures du soir, le téléphone sonna dans son bureau, mais il ne décrocha pas et attendit qu'on laisse un message sur le répondeur. Un souffle, d'abord régulier, puis de plus en plus saccadé, et une voix lointaine dont il se demanda si c'était celle d'une femme ou d'un homme. Un gémissement. Puis le souffle reprit, et deux voix se mêlaient l'une à l'autre et chuchotaient sans qu'il pût percevoir les mots. Il finit par couper le répondeur et débrancher le fil du téléphone. Qui était-ce? Chantal Grippay? Gilles Ottolini? Les deux à la fois?

Il s'était enfin décidé à profiter du silence de la nuit pour relire une dernière fois toutes les feuilles du « dossier ». Mais à peine avait-il commencé sa lecture qu'il éprouva une sensation désagréable : les phrases s'enchevêtraient et d'autres phrases apparaissaient brusquement qui recouvraient les précédentes, et disparaissaient sans lui laisser le temps de les déchiffrer. Il était en présence d'un palimpseste dont toutes les écritures successives se mêlaient en surimpression et s'agitaient comme des bacilles vus au microscope. Il mit cela au compte de la fatigue, et ferma les yeux.

Quand il les rouvrit, il tomba sur la photocopie du passage du *Noir de l'été* où figurait le nom de Guy Torstel. En dehors de l'épisode de la boutique Photomaton – un épisode qu'il avait volé à la vraie vie –, il n'avait pas le moindre souvenir de son premier livre. Le seul qu'il gardait, c'était celui des vingt premières pages qu'il avait supprimées plus tard. Elles avaient été, dans son esprit, le début du livre avant qu'il n'y renonce. Il avait prévu un titre à ce premier chapitre : « Retour à Saint-Leu-la-Forêt ». Ces vingt pages dormaient-elles pour toujours dans une caisse en carton ou une vieille valise ? Ou bien les avait-il déchirées ? Il ne le savait plus.

Il avait voulu, avant de les écrire, se rendre une dernière fois, après quinze ans, à Saint-Leu-la-Forêt. Il ne s'agissait pas d'un pèlerinage, mais plutôt d'une visite qui l'aiderait à rédiger le début du livre. Et de ce « retour à Saint-Leu-la-Forêt », il n'avait pas parlé à Annie Astrand quelques mois plus tard, le soir où il l'avait revue après la parution de son livre. Il avait eu peur qu'elle ne lui dise en haussant les épaules : « Mais quelle drôle d'idée, mon petit Jean, de retourner là-bas... »

Un après-midi, quelques jours après avoir rencontré Torstel sur le champ de courses, il avait donc pris un car à la Porte d'Asnières. La banlieue avait déjà changé à cette époque-là. Était-ce le même itinéraire que suivait Annie Astrand quand elle revenait en voiture de Paris? Le car passait sous la voie ferrée près de la gare d'Ermont. Et pourtant, ce trajet, vieux de plus de quarante ans, il se demandait maintenant s'il ne l'avait pas rêvé. C'était sans doute d'en avoir fait un chapitre de roman qui provoquait chez lui une telle confusion. Il avait remonté la Grand-Rue de Saint-Leu et traversé la place à la fontaine... Il flottait un brouillard jaune dont il se demanda s'il ne venait pas de la forêt. Rue de l'Ermitage, il était sûr que la plupart des maisons n'étaient pas encore construites du temps d'Annie Astrand et qu'à leur place il y avait des arbres, de chaque côté, dont le feuillage formait une voûte. Était-il vraiment à Saint-Leu? Il crut reconnaître la partie de la maison qui donnait sur la rue et le grand porche sous lequel Annie garait souvent sa voiture. Mais, plus loin, le mur d'enceinte avait disparu et un long bâtiment en béton le remplaçait.

En face, protégée par une grille, une maison d'un étage avec un bow-window, et à la façade recouverte de lierre. Une plaque de cuivre sur la grille : « Docteur Louis Voustraat ». Il se souvint qu'un matin après l'école Annie l'avait emmené chez ce médecin, et qu'un soir celui-ci était venu lui-même à la maison le voir dans sa chambre parce qu'il était malade.

Il hésita un instant, là, au milieu de la rue, puis il se décida. Il poussa la barrière qui ouvrait sur un petit jardin et monta les marches du perron. Il sonna, et attendit. Dans l'entrebâillement de la porte, il vit un homme de haute taille, les cheveux blancs coupés court, l'œil bleu. Il ne le reconnaissait pas.

« Docteur Voustraat ? »

Celui-ci eut un mouvement de surprise, comme si Daragane venait de le tirer de son sommeil.

« Il n'y a pas de consultations aujourd'hui.

— Je voulais simplement vous parler.

— À quel sujet, monsieur ? »

Aucune méfiance dans cette question. Le ton était aimable et le timbre de la voix avait quelque chose de rassurant.

« J'écris un livre sur Saint-Leu-la-Forêt... Je voudrais vous poser quelques questions. »

Daragane était si intimidé qu'il lui sembla avoir prononcé cette phrase en bégayant. L'homme le considérait avec un sourire :

« Entrez, monsieur. »

Il le guida dans un salon où brûlait un feu de cheminée et lui désigna un fauteuil face au bow-window. Il prit place à côté de lui dans un fauteuil semblable à l'autre et recouvert du même tissu écossais.

« Et qui vous a donné l'idée de venir me voir, moi, particulièrement ? »

Sa voix était si grave et si douce qu'il aurait pu obtenir, en très peu de temps, les aveux du criminel le plus retors et le plus endurci. C'est du moins ce qu'imagina Daragane.

« En passant, j'ai vu votre plaque. Et je me suis dit qu'un médecin connaît bien l'endroit où il exerce... »

111

Il s'était efforcé de parler de manière claire, malgré sa gêne, et il avait de justesse utilisé le mot « endroit » au lieu de celui de « village » qui lui était naturellement venu à l'esprit. Mais Saint-Leu-la-Forêt n'était plus le village de son enfance.

« Vous ne vous êtes pas trompé. J'exerce ici depuis vingt-cinq ans. »

Il se leva et se dirigea vers une étagère sur laquelle Daragane remarqua un coffret à liqueurs.

« Vous voulez boire quelque chose? Un peu de porto? »

Il tendit le verre à Daragane et reprit sa place, à côté de lui, dans le fauteuil au tissu écossais.

« Et vous écrivez un livre sur Saint-Leu? La bonne idée...

— Oh... une brochure... pour une collection sur différentes localités d'Île-de-France... »

Il cherchait d'autres détails qui inspireraient confiance à ce docteur Voustraat.

« Par exemple, je consacre tout un chapitre à la mort mystérieuse du dernier prince de Condé.

— Je vois que vous connaissez bien l'histoire de notre petite ville. »

Et le docteur Voustraat le fixait de ses yeux bleus et lui souriait, comme il l'avait fait quinze ans auparavant quand il l'avait ausculté dans sa chambre de la maison d'en face. Était-ce pour une grippe ou l'une de ces maladies de l'enfance aux noms si compliqués?

« J'aurais besoin d'autres renseignements qui ne soient pas historiques, dit Daragane. Des anecdotes,

112

par exemple, concernant certains habitants de la ville... »

Il s'étonnait lui-même d'avoir pu prononcer jusqu'au bout et avec assurance une phrase d'une telle longueur.

Le docteur Voustraat paraissait pensif, les yeux fixés sur une bûche qui se consumait doucement dans la cheminée.

« Nous avons eu des artistes à Saint-Leu », dit-il en hochant la tête, l'air de se rafraîchir la mémoire. « La pianiste Wanda Landowska... Et aussi le poète Olivier Larronde...

— Vous permettez que je note les noms?» dit Daragane.

Il sortit de l'une des poches de sa veste un stylo bille et le carnet de moleskine noire qu'il gardait toujours sur lui depuis qu'il avait commencé son livre. Il y notait des bouts de phrases, ou des titres éventuels pour son roman. Il écrivit avec beaucoup d'application, en lettres majuscules : WANDA LAN-DOWSKA. OLIVIER LARRONDE. Il voulait montrer au docteur Voustraat qu'il avait des habitudes studieuses.

« Merci pour vos renseignements.

— D'autres noms vont certainement me revenir à l'esprit...

— C'est très gentil à vous, dit Daragane. Est-ce que, par hasard, vous auriez le souvenir d'un fait divers qui aurait eu lieu à Saint-Leu-la-Forêt?

— Un fait divers? »

Apparemment, le docteur Voustraat était surpris par ce mot.

« Pas un crime, bien sûr... Mais quelque chose de louche qui se serait passé par ici... On m'a parlé d'une maison, juste en face de chez vous, où habitaient de drôles de gens... »

Voilà, il était entré dans le vif du sujet, d'une manière plus rapide qu'il ne l'avait prévu.

Le docteur Voustraat le fixait de nouveau de son regard bleu où Daragane sentit percer une certaine méfiance.

« Quelle maison d'en face ? »

Il se demanda s'il n'était pas allé trop loin. Mais pourquoi, après tout ? N'avait-il pas l'apparence d'un jeune homme sage qui voulait écrire une brochure sur Saint-Leu-la-Forêt ?

« La maison qui est un peu sur la droite... avec le grand porche...

— Vous voulez parler de la Maladrerie ? »

Daragane avait oublié ce nom, qui lui causa un pincement au cœur. Il eut l'impression fugitive de passer sous le porche de la maison.

« Oui, c'est ça... la Maladrerie... » et en prononçant ces cinq syllabes il éprouva soudain une sorte de malaise, ou plutôt de peur, comme si la Maladrerie était liée pour lui à un mauvais rêve.

« Qui vous a parlé de la Maladrerie ? »

Il était pris de court. Il aurait mieux valu dire la vérité au docteur Voustraat. Maintenant, il était trop tard. Il aurait dû le faire tout à l'heure, sur le perron. « Vous m'avez soigné, il y a très longtemps, dans mon enfance. » Mais non, il aurait eu le sentiment d'être un imposteur et de voler l'identité d'un autre. Cet enfant lui paraissait aujourd'hui un étranger.

« C'est le patron du restaurant l'Ermitage qui m'en a parlé... »

Il l'avait dit à tout hasard, pour donner le change. Cet établissement existait-il encore, et même avait-il jamais existé ailleurs que dans ses souvenirs ?

« Ah oui... le restaurant l'Ermitage... Je pensais qu'il ne s'appelait plus comme ça, maintenant... Vous connaissez Saint-Leu depuis longtemps ? »

Daragane sentit monter en lui un vertige, celui qui vous prend lorsque vous êtes au bord de faire un aveu qui va changer le cours de votre vie. Là, au sommet de la pente, il suffit de se laisser glisser, comme sur un toboggan. Au fond du grand jardin de la Maladrerie, il y avait justement un toboggan installé sans doute par les propriétaires précédents et dont la rampe était rouillée.

« Non. C'est la première fois que je viens à Saint-Leu-la-Forêt. »

Dehors, la nuit tombait, et le docteur Voustraat se leva pour allumer une lampe et attiser le feu.

« Un temps d'hiver... Vous avez vu ce brouillard tout à l'heure ?... J'ai eu raison de faire du feu... »

Il s'assit dans le fauteuil et se pencha vers Daragane.

« Vous avez eu de la chance de sonner à ma porte aujourd'hui... C'est mon jour de congé... Il faut dire aussi que j'ai réduit le nombre de mes visites à domicile... »

Ce mot « visites » était-il un sous-entendu de sa part pour lui signifier qu'il l'avait reconnu ? Mais il y avait eu tant de visites à domicile depuis quinze ans et tant de rendez-vous chez le docteur Louis Voustraat dans la petite pièce qui lui servait de cabinet, au fond du couloir, qu'il ne pouvait pas reconnaître tous les visages. Et d'ailleurs, pensa Daragane, comment établir une ressemblance entre cet enfant et lui-même aujourd'hui ?

« En effet, la Maladrerie a été habitée par de drôles de gens... Mais vous croyez que c'est vraiment utile que je vous en parle ? »

Daragane eut le sentiment que ces paroles anodines en cachaient d'autres. Ainsi, à la radio, quand l'émission se brouille et que deux voix se superposent. Il lui semblait entendre : « Pourquoi êtes-vous revenu après quinze ans à Saint-Leu ? »

« On aurait dit que cette maison était frappée d'un mauvais sort... Peut-être à cause de son nom...

— Son nom ? »

Le docteur Voustraat lui sourit.

« Vous savez ce que "maladrerie" signifie ?

— Bien sûr », dit Daragane.

Il l'ignorait, mais il avait honte de l'avouer au docteur Voustraat.

« Avant la guerre, elle était habitée par un médecin comme moi qui a quitté Saint-Leu... Ensuite, au moment où je suis arrivé ici, un certain Lucien Führer y venait régulièrement... le propriétaire d'un établissement nocturne à Paris... Il y avait beaucoup d'allées et venues... C'est à partir de ce moment-là que la maison a été fréquentée par de drôles de gens... jusqu'à la fin des années cinquante... »

Daragane notait au fur et à mesure les paroles du docteur dans son carnet. C'était comme s'il allait lui dévoiler le secret de ses origines, toutes ces années du début de la vie que l'on a oubliées, sauf un détail qui remonte parfois des profondeurs, une rue que recouvre une voûte de feuillage, un parfum, un nom familier mais dont vous ne savez plus à qui il appartenait, un toboggan.

« Et puis ce Lucien Führer a disparu d'un jour à l'autre, et la maison a été rachetée par un monsieur Vincent... Roger Vincent si j'ai bonne mémoire... Il garait toujours sa voiture américaine décapotable dans la rue... »

Daragane, après quinze ans, n'était plus tout à fait sûr de la couleur de cette voiture. Beige ? Oui, certainement. Avec des sièges de cuir rouge. Le docteur Voustraat se souvenait qu'elle était décapotable et, s'il avait bonne mémoire, il aurait pu lui confirmer cette couleur : beige. Mais il craignait, s'il lui posait la question, d'éveiller sa méfiance.

« Je ne saurais pas vous dire exactement la profession de ce monsieur Roger Vincent... peut-être la même que celle de Lucien Führer... Un homme d'une quarantaine d'années qui venait régulièrement de Paris... »

Il semblait en ce temps-là à Daragane que Roger

Vincent ne dormait jamais dans la maison. Il passait la journée à Saint-Leu-la-Forêt et repartait après le dîner. De son lit, il l'entendait démarrer sa voiture, et ce bruit était différent de celui de la voiture d'Annie. Un bruit à la fois plus fort et plus sourd.

« On disait qu'il était moitié américain ou qu'il avait fait un long séjour en Amérique... Il avait l'air d'un Américain... Grand... l'allure sportive... Je l'ai soigné un jour... Je crois qu'il s'était luxé le poignet... »

Daragane n'avait aucun souvenir de cela. Il aurait été impressionné s'il avait vu Roger Vincent porter un pansement au poignet ou un plâtre.

« Il y avait aussi une jeune fille et un enfant qui habitaient là... Elle n'avait pas l'âge d'être sa mère... Je pensais qu'elle était sa grande sœur... Elle aurait pu être la fille de ce monsieur Roger Vincent... »

La fille de Roger Vincent? Non, cette pensée ne l'avait pas effleuré. Sur les rapports exacts entre Roger Vincent et Annie, il ne s'était jamais posé de questions. Il faut croire, se disait-il souvent, que les enfants ne se posent jamais de questions. Bien des années après, on essaie de résoudre des énigmes qui ne l'étaient pas sur le moment et l'on voudrait déchiffrer les caractères à moitié effacés d'une langue trop ancienne, dont on ne connaît même pas l'alphabet.

« Il y avait beaucoup d'allées et venues dans cette maison... Quelquefois, des gens arrivaient en pleine nuit... »

Daragane, en ce temps-là, avait un bon sommeil

– le sommeil de l'enfance –, sauf les soirs où il guettait le retour d'Annie. Souvent, il entendait au cours de la nuit des claquements de portières et du brouhaha, mais il se rendormait aussitôt. Et puis, la maison était vaste, composée de plusieurs corps de bâtiment, si bien qu'il ne pouvait savoir qui était là. Le matin, en sortant pour aller à l'école, il remarquait quelques voitures garées devant le porche. Dans le corps du bâtiment où était sa chambre, il y avait celle d'Annie, de l'autre côté du couloir.

« Et, à votre avis, c'était qui, tous ces gens ? demanda-t-il au docteur Voustraat.

— Il y a eu une perquisition dans la maison, mais ils avaient tous disparu... On m'a interrogé, puisque j'étais leur voisin le plus proche... Apparemment, ce Roger Vincent avait été compromis dans une affaire qu'ils appelaient " Le Combinatie "... Ce nom, j'ai dû le lire quelque part, mais je ne peux pas vous dire de quoi il s'agissait... Je vous avoue que je ne me suis jamais intéressé aux faits divers. »

Daragane cherchait-il vraiment à en savoir plus long que le docteur Voustraat ? Un rai de lumière que l'on distingue à peine sous une porte close et qui vous signale la présence de quelqu'un. Mais il n'avait pas envie d'ouvrir la porte pour découvrir qui était dans la chambre, ou plutôt dans le placard. Une expression lui était aussitôt venue à l'esprit : « le cadavre dans le placard ». Non, il ne voulait pas savoir ce que cachait le mot « combinatie ». Depuis l'enfance, il faisait le même mauvais rêve : d'abord un très grand soulagement au réveil, comme s'il avait échappé à un danger. Et puis, le mauvais rêve était de plus en plus précis. Il avait été complice ou témoin de quelque chose de grave qui avait eu lieu très loin dans le passé. On avait arrêté certaines personnes. Lui, on ne l'avait jamais identifié. Il vivait sous la menace d'être interrogé quand on s'apercevrait qu'il avait eu des liens avec les « coupables ». Et il lui serait impossible de répondre aux questions.

« Et la jeune fille avec l'enfant ? » dit-il au docteur Voustraat.

Il avait été surpris quand le docteur avait dit : « Je pensais qu'elle était sa grande sœur. » Un horizon s'ouvrait peut-être dans sa vie et dissiperait les zones d'ombre : de faux parents dont il se souvenait à peine et qui désiraient apparemment se débarrasser de lui. Et cette maison de Saint-Leu-la-Forêt... Il se demandait quelquefois ce qu'il faisait là. Dès demain, il se livrerait à des recherches. Et d'abord, trouver l'acte de naissance d'Annie Astrand. Et demander aussi son acte de naissance à lui, Daragane, mais ne pas se contenter d'un duplicata tapé à la machine et consulter le registre lui-même, là où tout est écrit à la main. Sur les quelques lignes consacrées à sa naissance, il découvrirait des ratures, des surcharges, des noms que l'on avait voulu effacer.

« Elle était souvent seule avec l'enfant, à la Maladrerie... On m'a posé des questions sur elle aussi, après la perquisition... Selon les gens qui m'ont

interrogé, elle aurait été " danseuse acroba-
tique "... »

Il avait prononcé les deux derniers mots du bout
des lèvres.

« C'est la première fois que je parle de cette histoire à quelqu'un depuis longtemps... À part moi,
personne n'était vraiment au courant à Saint-Leu...
J'étais leur plus proche voisin... Mais vous compren-
drez que ce n'était pas tout à fait des gens de mon
monde... »

Il souriait à Daragane, d'un sourire un peu ironique, et Daragane sourit lui aussi à la pensée que
cet homme aux cheveux blancs coupés court, à l'allure militaire, et surtout au regard du bleu le plus
franc, avait été – comme il disait – leur plus proche
voisin.

« Je ne crois pas que vous utiliserez tout cela pour
votre brochure sur Saint-Leu... ou alors, il faudrait
chercher des détails plus précis dans les archives de
la police... Mais, franchement, vous croyez que cela
en vaut la peine ? »

Cette question surprit Daragane. Le docteur
Voustraat l'avait-il reconnu et percé à jour ? « Franchement, vous croyez que cela en vaut la peine ? » Il
l'avait dit avec gentillesse, sur le ton d'un reproche
paternel ou même d'un conseil familial – le conseil
de quelqu'un qui vous aurait connu dans votre
enfance.

« Non, bien sûr, dit Daragane. Ce serait déplacé
dans une simple brochure concernant Saint-Leu-la-
Forêt. À la rigueur, on pourrait en faire un roman. »

121

Il avait mis le pied sur une pente glissante qu'il était tout près de descendre : avouer au docteur Voustraat les raisons exactes pour lesquelles il avait sonné à sa porte. Il pourrait même lui dire : « Docteur, passons dans votre cabinet pour une consultation, comme nous le faisions autrefois... Il se trouve toujours au fond du couloir ? »

« Un roman ? Il faudrait connaître tous les protagonistes. Beaucoup de gens sont passés dans cette maison... Ceux qui m'ont interrogé consultaient une liste et me citaient chaque nom... Mais je ne connaissais aucun de ces individus-là... »

Daragane aurait vraiment aimé avoir cette liste sous la main. Elle l'aurait sans doute aidé à retrouver la trace d'Annie, mais tous ces gens s'étaient fondus dans la nature, en changeant de nom, de prénom, et de visage. Annie elle-même ne devait plus s'appeler Annie, si elle était encore vivante.

« Et l'enfant ? demanda Daragane. Vous avez eu des nouvelles de l'enfant ?

— Aucune. Je me suis souvent demandé ce qu'il était devenu... Quel drôle de départ dans la vie...

— Ils l'avaient certainement inscrit à une école...

— Oui. À l'école de la Forêt, rue de Beuvron. Je me souviens avoir écrit un mot pour justifier son absence à cause d'une grippe.

— Et à l'école de la Forêt, on pourrait peut-être trouver une trace de son passage...

— Non, malheureusement. Ils ont détruit l'école de la Forêt il y a deux ans. C'était une toute petite école, vous savez... »

Daragane se rappelait la cour de récréation, son sol de mâchefer, ses platanes, et le contraste, les après-midi de soleil, entre le vert du feuillage et le noir du mâchefer. Et pour cela il n'avait pas besoin de fermer les yeux.

« L'école n'existe plus, mais je peux vous faire visiter la maison... »

De nouveau, il eut le sentiment que le docteur Voustraat l'avait deviné. Mais non, c'était impossible. Il n'y avait plus rien de commun entre lui et cet enfant qu'il avait abandonné avec les autres, avec Annie, Roger Vincent et les individus qui venaient la nuit, en voiture, et dont les noms figuraient autrefois sur une liste – celle des passagers d'un bateau englouti.

« On m'a confié un double des clés de la maison... au cas où l'un de mes patients voudrait la visiter... Elle est à vendre... Mais il ne se présente pas beaucoup de clients. Je vous emmène ?

— Une autre fois. »

Le docteur Voustraat paraissait déçu. Au fond, pensa Daragane, il a été content de me recevoir et de bavarder. D'habitude, il doit être seul, pendant ces interminables après-midi de congé.

« Vraiment ? Ça ne vous dit rien ? C'est une des maisons les plus vieilles de Saint-Leu... Comme son nom l'indique, elle a été construite à l'emplacement d'une ancienne maladrerie... Cela peut être intéressant pour votre brochure...

— Un autre jour, dit Daragane. Je vous promets de revenir. »

Il n'avait pas le courage d'entrer dans la maison. Il préférait qu'elle reste pour lui l'un de ces lieux qui vous ont été familiers et qu'il vous arrive parfois de visiter en rêve : ils sont en apparence les mêmes, et pourtant imprégnés de quelque chose d'insolite. Un voile ou une lumière trop crue ? Et vous croisez dans ces rêves des personnes que vous aimiez et dont vous savez qu'elles sont mortes. Si vous leur adressez la parole elles n'entendent pas votre voix.

« Les meubles sont toujours ceux d'il y a quinze ans ?

— Il n'y a plus de meubles, dit le docteur Voustraat. Toutes les pièces sont vides. Et le jardin, une véritable forêt vierge. »

La chambre d'Annie, de l'autre côté du couloir, d'où il entendait très tard dans son demi-sommeil des voix et des éclats de rire. Elle était en compagnie de Colette Laurent. Mais, souvent, la voix et le rire étaient ceux d'un homme qu'il n'avait jamais rencontré pendant la journée dans la maison. Cet homme devait partir très tôt le matin, bien avant l'heure de l'école. Un inconnu qui le resterait jusqu'à la fin des temps. Un autre souvenir, plus précis, lui revint, mais sans qu'il fît aucun effort, à la manière des paroles de chansons apprises dans votre enfance et que vous pouvez réciter toute votre vie sans les comprendre. Les deux fenêtres de sa chambre donnaient sur la rue qui n'était pas la même qu'aujourd'hui, une rue ombragée d'arbres. Sur le mur blanc, en face de son lit, une gravure en couleurs représentait des fleurs, des fruits et des feuilles, et au bas de celle-ci était écrit en gros caractères : BELLADONE ET JUSQUIAME. Bien plus tard, il apprit qu'il s'agissait de plantes vénéneuses, mais sur le moment ce qui l'intéressait c'était de déchiffrer les caractères : belladone et jusquiame, les premiers mots qu'il avait su lire. Une autre gravure, entre les deux fenêtres : un taureau noir, la tête penchée et qui le fixait d'un regard mélancolique. Cette gravure portait comme légende : TAUREAU DES POLDERS DU HOLSTEIN, en lettres plus petites que belladone et jusquiame, et plus difficiles à lire. Mais il y était parvenu au bout de quelques jours, et même il avait pu recopier tous ces mots sur un bloc de papier à lettres qu'Annie lui avait donné.

« Si je comprends bien, docteur, ils n'ont rien trouvé au cours de leur perquisition ?

— Je ne sais pas. Ils sont restés plusieurs jours à fouiller la maison de fond en comble. Les autres avaient dû y cacher quelque chose...

— Et pas d'articles sur cette perquisition dans les journaux de l'époque ?

— Non. »

Un projet chimérique traversa l'esprit de Daragane à ce moment-là. Grâce aux droits d'auteur du livre dont il n'avait écrit que deux ou trois pages, il achèterait la maison. Il choisirait les outils nécessaires : tournevis, marteaux, pieds-de-biche, tenailles, et il se livrerait lui-même à une fouille minutieuse pendant des jours et des jours. Au fur et à mesure, il arracherait les boiseries du salon et des chambres et briserait les miroirs pour voir ce qu'ils cachaient. Il partirait à la recherche des escaliers secrets et des portes dérobées. Il finirait bien par retrouver ce qu'il avait perdu, et dont il n'avait jamais pu parler à personne.

« Vous êtes sans doute venu en car ? lui demanda le docteur Voustraat.

— Oui. »

Le docteur consulta sa montre-bracelet.

« Je ne peux malheureusement pas vous raccompagner à Paris en voiture. Le dernier car pour la Porte d'Asnières part dans vingt minutes. »

Dehors, ils suivaient la rue de l'Ermitage. Ils passèrent devant le long bâtiment en béton qui avait remplacé le mur d'enceinte du jardin, mais Daragane n'eut pas envie d'évoquer ce mur disparu.

« Beaucoup de brume, dit le docteur. C'est déjà l'hiver... »

Puis ils marchèrent en silence, l'un et l'autre, le docteur, très droit, très raide, l'allure d'un ancien officier de cavalerie. Daragane ne se souvenait pas d'avoir marché ainsi, la nuit, dans son enfance, par les rues de Saint-Leu-la-Forêt. Sauf une fois, à Noël, quand Annie l'avait emmené à la messe de minuit.

Le car attendait, le moteur en marche. Apparemment, il serait le seul passager.

« J'ai été ravi de bavarder tout l'après-midi avec vous, dit le docteur en lui tendant la main. Et j'aimerais avoir des nouvelles de votre petit livre sur Saint-Leu. »

À l'instant où il allait monter dans le car, le docteur le retint par le bras.

« Je pensais à quelque chose... au sujet de la Maladrerie et de tous ces drôles de gens dont nous avons parlé... Le meilleur témoin, ce pourrait être l'enfant qui habitait là-bas... Il faudrait le retrouver... Vous ne croyez pas ?

— Ce sera très difficile, docteur. »

Il s'assit tout au fond du car et regarda à travers la vitre derrière lui. Le docteur Voustraat était immobile, là-bas, et attendait sans doute que le car disparût au premier tournant. Il lui faisait un signe de la main.

Dans son bureau, il s'était résolu à rebrancher le téléphone et le répondeur au cas où Chantal Grippay essaierait de le joindre. Mais sans doute Ottolini, de retour du casino de Charbonnières, ne la quittait pas d'une semelle. Il faudrait qu'elle récupère la robe noire aux hirondelles. Elle pendait là, sur le dossier du canapé, comme ces objets qui ne veulent pas vous quitter et vous poursuivent toute votre vie. Ainsi, cette Volkswagen bleue de sa jeunesse dont il avait dû se débarrasser au bout de quelques années. Pourtant, chaque fois qu'il changeait de domicile, il la retrouvait garée devant son immeuble – et cela avait duré longtemps. Elle lui restait fidèle et le suivait partout où il allait. Mais il avait perdu les clés. Et puis, un jour, elle avait disparu, peut-être dans l'un de ces cimetières de voitures, après la Porte d'Italie, sur l'emplacement desquels on avait commencé à tracer l'autoroute du Sud.

Il aurait voulu retrouver « Retour à Saint-Leu-la-Forêt », le premier chapitre de son premier livre, mais sa recherche aurait été vaine. Cette nuit, tandis qu'il contemplait le feuillage du charme dans la cour de l'immeuble voisin, il se disait qu'il avait déchiré ce chapitre. Il en était sûr.

Il avait aussi supprimé un second chapitre : « Place Blanche », écrit dans la foulée de « Retour à Saint-Leu-la-Forêt ». Ainsi avait-il tout repris depuis le début avec la sensation pénible de corriger un faux départ. Et pourtant, les seuls souvenirs qu'il gardait de ce premier roman, c'étaient les deux chapitres supprimés qui avaient servi de pilotis à tout le reste, ou plutôt d'échafaudages que l'on enlève, une fois le livre terminé.

Il avait rédigé les vingt pages de « Place Blanche » dans une chambre, au 11 de la rue Coustou, un ancien hôtel. Il habitait de nouveau le bas Montmartre, quinze ans après l'avoir découvert à cause d'Annie. En effet, ils avaient échoué là, quand ils avaient quitté Saint-Leu-la-Forêt. Et c'est pourquoi il pensait qu'il écrirait plus facilement un livre s'il revenait sur les lieux qu'il avait connus avec elle.

Ils avaient dû changer d'aspect depuis ce temps-là, mais il s'en apercevait à peine. Quarante ans plus tard, au XXIᵉ siècle, un après-midi, en taxi, il traversait par hasard le quartier. La voiture s'était arrêtée dans un embouteillage, au coin du boulevard de Clichy et de la rue Coustou. Pendant quelques minutes, il n'avait rien reconnu, comme s'il avait été frappé d'amnésie et qu'il n'était plus qu'un étranger dans sa propre ville. Mais pour lui cela n'avait aucune importance. Les façades d'immeubles et les carrefours étaient devenus, au fil des années, un paysage intérieur qui avait fini par recouvrir le Paris trop lisse et empaillé du présent. Il crut voir, là-bas à droite, l'enseigne du garage de la rue Coustou et il aurait volontiers demandé au chauffeur de taxi de le laisser là pour qu'il puisse rentrer, après quarante ans, dans son ancienne chambre.

En ce temps-là, à l'étage au-dessus du sien, on commençait les travaux qui transformeraient les vieilles chambres d'hôtel en studios. Pour écrire son livre sans entendre les coups de marteau contre les murs, il se réfugiait dans un café de la rue Puget qui faisait l'angle avec la rue Coustou et sur lequel donnait la fenêtre de sa chambre.

L'après-midi, il n'y avait aucun client dans cet établissement nommé l'Aero, un bar plutôt qu'un café, si l'on en jugeait par ses boiseries claires, son plafond à caissons, sa façade de bois clair elle aussi, avec un vitrail protégé par une sorte de moucharabieh. Un homme brun d'une quarantaine d'années se tenait derrière le comptoir et lisait un journal. Au cours de l'après-midi, il lui arrivait de disparaître par un petit escalier. La première fois, Daragane l'avait appelé en vain pour régler sa consommation. Et puis, il s'était habitué à ses absences et il lui laissait un billet de cinq francs sur la table.

Il dut attendre quelques jours avant que l'homme lui adressât la parole. Jusque-là, celui-ci l'ignorait délibérément. Chaque fois que Daragane lui commandait un café, l'autre paraissait ne pas l'entendre, et Daragane était étonné qu'il finisse par mettre en marche le percolateur. Il venait poser la tasse de café sur la table sans lui jeter le moindre regard. Et Daragane s'asseyait au fond de la salle, comme si lui-même voulait se faire oublier.

Un après-midi qu'il achevait de corriger une page de son manuscrit, il entendit une voix grave :

« Alors, vous faites vos comptes ? »

Il leva la tête. Là-bas, derrière le zinc, l'autre lui lançait un sourire.

« Vous venez à la mauvaise heure... L'après-midi c'est le désert ici. »

Il marchait vers sa table, toujours avec ce sourire ironique :

« Vous permettez ? »

Il tira la chaise et s'assit en face de lui.

« Vous écrivez quoi, au juste ? »

Daragane hésitait à répondre.

« Un roman policier. »

L'autre hochait la tête en le fixant d'un œil lourd.

« J'habite l'immeuble du coin, mais ils font des travaux et il y a trop de bruit pour pouvoir travailler.

— L'ancien hôtel Puget ? En face du garage ?

— Oui, dit Daragane. Et vous, vous êtes ici depuis longtemps ? »

Il avait l'habitude de dévier la conversation pour éviter de parler de lui. Sa méthode, c'était de répondre à une question par une autre question.

« J'ai toujours été dans le quartier. Avant, je m'occupais d'un hôtel, un peu plus bas, rue Laferrière... »

Ce mot, Laferrière, lui fit battre le cœur. Quand il avait quitté avec Annie Saint-Leu-la-Forêt pour venir dans ce quartier, ils habitaient tous les deux une chambre rue Laferrière. Elle s'absentait, de temps en temps, et elle lui donnait un double de la clé. « Si tu vas te promener, ne te perds pas. » Sur une feuille de papier pliée en quatre qu'il gardait dans sa poche, elle avait écrit : « 6, rue Laferrière », de sa grande écriture.

« J'ai connu une femme qui habitait là, dit Daragane d'une voix blanche. Annie Astrand. »

L'homme le regardait d'un air surpris.

« Alors, vous deviez être vraiment très jeune. Cela remonte à une vingtaine d'années.

— Moi, je dirais plutôt quinze ans.

— J'ai surtout connu son frère Pierre. C'est lui qui habitait rue Laferrière. Il s'occupait du garage d'à côté... mais je n'ai plus de nouvelles de lui depuis longtemps.

— Vous vous souvenez d'elle ?

— Un peu... Elle a quitté très jeune le quartier. D'après ce que m'avait dit Pierre, elle était protégée par une femme qui tenait une boîte de nuit, rue de Ponthieu... »

Daragane se demanda s'il ne confondait pas Annie avec une autre. Pourtant, une amie à elle, Colette, venait souvent à Saint-Leu-la-Forêt et, un jour, ils l'avaient ramenée en voiture à Paris dans une rue proche des jardins des Champs-Élysées où se tenait le marché aux timbres. La rue de Ponthieu ? Elles étaient entrées toutes les deux dans un immeuble. Et lui, il avait attendu Annie sur la banquette arrière de la voiture.

« Vous ne savez pas ce qu'elle est devenue ? »

L'homme le regardait avec une certaine méfiance.

« Non. Pourquoi ? Elle était vraiment une amie à vous ?

— Je l'ai connue dans mon enfance.

— Alors, ça change tout... Il y a prescription... »

Il avait retrouvé son sourire et il se penchait vers Daragane.

« Dans le temps, Pierre m'a expliqué qu'elle avait eu des ennuis et qu'elle avait fait de la prison. »

Il lui avait dit la même phrase que Perrin de Lara, le soir du mois précédent où il l'avait rencontré assis, seul, sur une terrasse. « Elle avait fait de la prison. » Le ton de chacun des deux hommes était différent : une distance un peu méprisante, chez Perrin de Lara, comme si Daragane l'avait contraint de parler d'une personne qui n'était pas de son monde ; une sorte de familiarité chez l'autre, puisqu'il connaissait « son frère Pierre » et que « faire de la prison » semblait être pour lui quelque chose de banal. À cause de certains de ses clients qui venaient, avait-il expliqué à Daragane, « à partir de onze heures du soir » ?

Il pensa qu'Annie lui aurait donné des explications si elle était encore vivante. Plus tard, quand son livre avait été publié et qu'il avait eu la chance de la revoir, il ne lui avait posé aucune question sur ce sujet. Elle n'aurait pas répondu. Il n'avait pas évoqué non plus la chambre rue Laferrière, ni la feuille pliée en quatre où elle avait écrit leur adresse. Il l'avait égarée, cette feuille. Et même s'il avait pu la garder sur lui pendant quinze ans et s'il la lui avait montrée, elle aurait dit : « Mais, mon petit Jean, ce n'est pas du tout mon écriture. »

L'homme de l'Aero ignorait pourquoi elle avait fait de la prison. « Son frère Pierre » ne lui avait donné aucun détail là-dessus. Mais Daragane se souvenait que la veille de leur départ de Saint-Leu-la-Forêt elle paraissait nerveuse. Elle avait même oublié de venir le chercher à quatre heures et demie à la sortie de l'école, et il était revenu seul à la maison. Cela ne l'avait pas vraiment inquiété. C'était facile, il suffisait de suivre la rue, tout droit. Annie téléphonait dans le salon. Elle lui avait fait un signe de la main et elle avait continué de parler au téléphone. Le soir, elle l'avait emmené dans sa chambre, et il la regardait remplir une valise avec des vêtements. Il craignait qu'elle ne le laisse seul dans la maison. Mais elle lui avait dit que demain ils iraient tous les deux à Paris.

La nuit, il avait entendu des voix dans la chambre d'Annie. Il avait reconnu celle de Roger Vincent. Un peu plus tard, le bruit du moteur de la voiture américaine s'éloignait et finissait par s'éteindre. Il avait peur d'entendre démarrer sa voiture à elle. Et puis il s'était endormi.

★

Une fin d'après-midi qu'il sortait de l'Aero après avoir écrit deux pages de son livre – les travaux dans l'ancien hôtel s'interrompaient vers six heures du soir –, il se demanda si les promenades qu'il avait faites quinze ans plus tôt en l'absence d'Annie l'avaient mené jusqu'ici. Elles n'avaient pas dû être très nombreuses, ces promenades, et plus brèves que dans son souvenir. Annie avait-elle vraiment laissé un enfant déambuler seul dans ce quartier? L'adresse écrite de sa main sur la feuille de papier pliée en quatre – un détail qu'il n'avait pas pu inventer – en était bien la preuve.

Il se rappelait avoir suivi une rue au bout de laquelle il voyait le Moulin-Rouge. Il n'avait pas osé aller plus loin que le terre-plein du boulevard de peur de se perdre. En somme, il aurait suffi de quelques pas pour qu'il se retrouve à l'endroit où il était maintenant. Et cette pensée lui causa une drôle de sensation, comme si le temps était aboli. Il y avait de cela quinze ans, il se promenait seul, tout près d'ici, sous un soleil de juillet, et maintenant on était en décembre. Chaque fois qu'il sortait de l'Aero, il faisait déjà nuit. Mais pour lui, brusquement, les saisons et les années se confondaient. Il décida de marcher jusqu'à la rue Laferrière – le même itinéraire que celui d'autrefois –, tout droit, toujours tout droit. Les rues étaient en pente et, à mesure qu'il descendait, il avait la certitude de prendre le temps à rebours. La nuit s'éclaircirait au bas de la rue Fontaine, il ferait jour et de nouveau il y aurait ce soleil de juillet. Annie n'avait pas simplement écrit l'adresse sur le papier plié en quatre, mais les mots : POUR QUE TU NE TE PERDES PAS DANS LE QUARTIER, de sa grande écriture, une écriture à l'ancienne que l'on n'apprenait plus à l'école de Saint-Leu-la-Forêt.

La pente de la rue Notre-Dame-de-Lorette aussi raide que la précédente. Il suffisait de se laisser glisser. Un peu plus bas. À gauche. Une seule fois, tous les deux, ils étaient rentrés dans leur chambre quand il faisait nuit. C'était la veille de leur départ en train. Elle lui posait une main sur le crâne ou sur la nuque, un geste protecteur pour s'assurer qu'il marchait bien à côté d'elle. Ils revenaient de l'hôtel Terrass au-delà du pont qui surplombe le cimetière. Ils étaient entrés dans cet hôtel, et il avait reconnu Roger Vincent, dans un fauteuil, au fond du hall. Ils s'étaient assis avec lui. Annie et Roger Vincent parlaient ensemble. Ils oubliaient sa présence. Il les écoutait sans comprendre ce qu'ils disaient. Ils parlaient trop bas. À un moment, Roger Vincent répétait la même chose : il fallait qu'Annie « prenne le train » et qu'elle « laisse sa voiture au garage ». Elle n'était pas d'accord, mais elle avait fini par lui dire : « Oui, tu as raison, c'est plus prudent. » Roger Vincent s'était tourné vers lui et il avait souri. « Tiens, c'est pour toi. » Et il lui avait tendu un carton bleu marine en lui disant de l'ouvrir. « Ton passeport. » Il s'était reconnu sur la photo, l'une de celles qu'ils avaient prises dans la cabine Photomaton où, chaque fois, l'éclat trop vif de la lumière lui faisait cligner les yeux. Il pouvait lire sur la première page son prénom et sa date de naissance, mais le nom de famille n'était pas le sien, c'était le nom d'Annie : ASTRAND. Roger Vincent lui avait dit d'une voix grave qu'il devait porter le même nom que la « personne qui l'accompagnait », et cette explication lui avait suffi.

Au retour, Annie et lui marchaient sur le terreplein du boulevard. Après le Moulin-Rouge, ils avaient suivi une petite rue, à gauche, au bout de laquelle se dressait la façade d'un garage. Ils avaient traversé un hangar à l'odeur d'ombre et d'essence. Tout au fond, une pièce vitrée. Un jeune homme se tenait derrière un bureau, le même jeune homme qui venait parfois à Saint-Leu-la-Forêt et l'avait emmené, un après-midi, au cirque Médrano. Ils parlaient de la voiture d'Annie, que l'on voyait, là-bas, garée le long du mur.

Il était sorti du garage avec elle, il faisait nuit et il avait voulu lire les mots de l'enseigne lumineuse : « Grand Garage de la Place Blanche », ces mots qu'il lisait de nouveau, quinze ans plus tard, penché à la fenêtre de sa chambre du 11, rue Coustou. Ils projetaient sur le mur, en face de son lit, des reflets en forme de treillage, quand il avait éteint la lumière et qu'il essayait de trouver le sommeil. Il se couchait tôt, à cause des travaux qui reprenaient vers sept heures du matin. Il lui était difficile d'écrire après une mauvaise nuit. Dans son demi-sommeil, il entendait la voix d'Annie, de plus en plus lointaine, et il ne comprenait qu'un bout de phrase : « ... POUR QUE TU NE TE PERDES PAS DANS LE QUARTIER... » Au réveil, dans cette chambre, il se rendait compte qu'il lui avait fallu quinze ans pour traverser la rue.

★

Cet après-midi de l'année dernière, le 4 décembre 2012 – il avait noté la date sur son carnet –, l'embouteillage se prolongeait et il demanda au chauffeur de taxi de prendre à droite la rue Coustou. Il s'était trompé quand il croyait voir de loin l'enseigne du garage, puisque le garage avait disparu. Et aussi, sur le même trottoir, la devanture de bois noir du Néant. Des deux côtés, les façades des immeubles paraissaient neuves, comme recouvertes d'un enduit ou d'une pellicule de cellophane d'un blanc qui avait effacé les fissures et les taches du passé. Et, derrière, en profondeur, on avait dû se livrer à une taxidermie qui achevait de faire le vide. Rue Puget, un mur blanc remplaçait les boiseries et le vitrail de l'Aero, de ce blanc neutre couleur de l'oubli. Lui aussi, pendant plus de quarante ans, il avait fait un blanc sur la période où il écrivait ce premier livre et sur l'été où il se promenait seul avec dans sa poche la feuille pliée en quatre : POUR QUE TU NE TE PERDES PAS DANS LE QUARTIER.

★

Cette nuit-là, à la sortie du garage, ils n'avaient pas dû changer de trottoir, Annie et lui. Ils étaient certainement passés devant le Néant.

Quinze ans plus tard, le Néant existait encore. Il n'avait jamais eu envie d'y entrer. Il craignait trop de basculer dans un trou noir. D'ailleurs, il lui semblait que personne n'en franchissait le seuil. Il avait demandé au patron de l'Aero quel genre de spectacle on y donnait – « je crois que c'est là que la sœur de Pierre a fait ses débuts à seize ans. Il paraît que les clients sont tous dans l'obscurité, avec des acrobates, des écuyères et des stripteaseuses à tête de mort ». Cette nuit-là, Annie avait-elle jeté un bref regard vers l'entrée de l'établissement où elle avait fait ses « débuts » ?

Elle l'avait pris par la main, au moment de traverser le boulevard. Pour la première fois, il voyait Paris la nuit. Ils ne descendirent pas la rue Fontaine, cette rue qu'il avait l'habitude de suivre quand il se promenait seul en plein jour. Elle le guidait le long du terre-plein. Quinze ans plus tard, il marchait sur le même terre-plein, l'hiver, derrière les baraques foraines que l'on avait dressées pour Noël et il ne pouvait détacher les yeux de ces néons aux lumières blanches qui lui lançaient des appels et des signaux de morse de plus en plus faibles. On aurait dit qu'ils brillaient pour la dernière fois et appartenaient encore à l'été où il s'était retrouvé dans le quartier avec Annie. Combien de temps y étaient-ils restés ? Des mois, des années, comme ces rêves qui vous ont paru si longs et dont vous vous apercevez, à cause d'un réveil brutal, qu'ils n'ont duré que quelques secondes ?

Jusqu'à la rue Laferrière, il sentait sa main lui serrer la nuque. Il était encore un enfant qui risquait de s'échapper et de se faire écraser. Au bas de l'escalier, elle avait mis son index sur ses lèvres pour lui indiquer qu'il fallait monter en silence.

Il s'était réveillé à plusieurs reprises, cette nuit-là. Il dormait dans la même chambre qu'Annie sur un divan, et elle, dans le grand lit. Leurs deux valises étaient posées au pied du lit, celle d'Annie en cuir, et la sienne, plus petite, en fer-blanc. Elle s'était levée au milieu de la nuit et elle avait quitté la chambre. Il l'entendait parler dans la pièce voisine avec un homme qui devait être son frère, celui du garage. Il avait fini par s'endormir. Le lendemain matin, très tôt, elle l'avait réveillé en lui caressant le front et ils avaient pris le petit déjeuner en compagnie de son frère. Ils étaient assis tous les trois autour d'une table, et elle fouillait dans son sac à main parce qu'elle craignait d'avoir perdu le carton bleu que Roger Vincent avait apporté la veille dans le hall de l'hôtel, son « passeport », au nom de « Jean Astrand ». Mais non, il était bien dans le sac à main. Plus tard, au temps de la chambre de la rue Coustou, il se demanderait à quel moment il l'avait perdu, ce faux passeport. Sans doute au début de l'adolescence, à l'époque où il avait été renvoyé de son premier pensionnat.

Le frère d'Annie les avait conduits en voiture à la gare de Lyon. Il était difficile de marcher sur le trottoir devant la gare et à l'intérieur dans le grand hall à cause du monde. Le frère d'Annie portait les valises. Annie disait que c'était le premier jour des grandes vacances. Elle attendait à un guichet pour prendre les billets de train, et lui, il restait avec le frère d'Annie qui avait posé les valises. Il fallait faire attention que les gens ne vous bousculent pas et que les chariots des porteurs ne vous roulent pas sur les pieds. Ils étaient en retard, ils avaient couru jusqu'au quai, elle lui serrait très fort le poignet pour qu'il ne se perde pas dans la foule, et son frère les suivait avec les valises. Ils étaient montés dans l'un des premiers wagons, le frère d'Annie derrière eux. Du monde dans le couloir. Son frère avait déposé les deux valises à l'entrée du wagon et avait embrassé Annie. Et puis, il lui avait souri et lui avait dit à l'oreille : « Rappelle-toi bien... Tu t'appelles Jean Astrand maintenant... Astrand. » Et il avait eu à peine le temps de descendre sur le quai et de leur faire un signe de la main. Le train commençait à glisser. Il restait une place libre dans l'un des compartiments. « Assieds-toi là, lui avait dit Annie. Moi, je reste dans le couloir. » Il ne voulait pas la quitter, elle l'avait entraîné en le tenant par l'épaule. Il avait peur qu'elle ne le laisse là, mais sa place était à côté de la porte du compartiment, et il pouvait la surveiller. Elle ne bougeait pas, debout dans le couloir, et, de temps en temps, elle tournait la tête pour lui sourire. Elle allumait une cigarette avec son briquet en argent, elle appuyait son front à la vitre et elle devait certainement contempler le paysage. Il baissait la tête pour ne pas croiser le regard des autres voyageurs du compartiment. Il craignait qu'ils ne lui posent des questions, comme les adultes le font souvent quand ils remarquent un enfant seul. Il aurait voulu se lever pour demander à Annie si leurs deux valises étaient encore à la même place, au début du wagon, et si personne ne risquait de les voler. Elle ouvrait la porte du compartiment, se penchait vers lui et lui disait à voix basse : « Nous irons au wagon-restaurant. Je pourrai m'asseoir avec toi. » Il lui semblait que les voyageurs du compartiment les observaient tous les deux. Et les images se succèdent, par saccades, comme un film dont la pellicule est usée. Ils longent le couloir des wagons, et elle le tient par le cou. Il a peur quand ils passent d'un wagon à l'autre dans le soufflet où le tangage est si fort que l'on risque de tomber. Elle lui serre le bras pour qu'il ne perde pas l'équilibre. Ils sont assis l'un en face de l'autre, à une table du wagon-restaurant. Par chance, ils ont la table pour eux seuls, et d'ailleurs il n'y a presque personne aux autres tables. Cela change de tous ces wagons qu'ils viennent de traverser dont les couloirs et les compartiments étaient bondés. Elle lui passe une main sur la joue et lui dit qu'ils resteront à leur table le plus longtemps possible et, si personne ne vient les déranger, jusqu'à la fin du voyage. Lui, ce qui l'inquiète ce sont leurs deux valises qu'ils ont laissées là-bas, au début de l'autre wagon. Il se demande s'ils ne vont pas les perdre ou si quelqu'un ne les a pas déjà volées. Il a dû lire une histoire de ce genre dans l'un des livres de la Bibliothèque verte que Roger Vincent lui avait apporté un jour à Saint-Leu-la-Forêt. Et c'est sans doute à cause de cela qu'un rêve le poursuivra toute sa vie : des valises que l'on égare dans un train, ou bien le train part avec vos valises et vous restez sur le quai. S'il pouvait se souvenir de tous ses rêves, aujourd'hui, il compterait des centaines et des centaines de valises perdues.

« Ne te fais pas de souci, mon petit Jean », lui dit Annie en souriant. Ces paroles le rassurent. Ils sont encore assis aux mêmes places après le déjeuner. Plus personne dans le wagon-restaurant. Le train s'arrête dans une grande gare. Il lui demande s'ils sont arrivés. Pas encore, lui dit Annie. Elle lui explique qu'il doit être six heures du soir et qu'il est toujours cette heure-là quand on arrive dans cette ville. Quelques années plus tard, il prendra souvent le même train et il saura le nom de la ville où l'on arrive en hiver à la tombée de la nuit. Lyon. Elle a sorti de son sac à main un jeu de cartes et elle veut lui apprendre à faire une réussite, mais il n'y comprend rien.

Il n'a jamais fait un voyage aussi long. Personne n'est venu les déranger. « On nous a oubliés », lui dit Annie. Et les souvenirs qui lui restent de tout cela sont aussi rongés par l'oubli, sauf quelques images plus précises quand le film dérape et finit par se bloquer sur l'une d'elles. Annie fouille dans le sac à main et lui tend le carton bleu marine – son passeport – pour qu'il retienne bien son nouveau nom. D'ici à quelques jours ils traverseront « la frontière » pour aller dans un autre pays et dans une ville qui s'appelle « Rome ». « Retiens bien ce nom : Rome. Et je te jure qu'à Rome ils ne pourront pas nous trouver. J'ai des amis là-bas. » Il ne comprend pas très bien ce qu'elle dit, mais comme elle éclate de rire, il se met à rire, lui aussi. Elle fait de nouveau une réussite et il la regarde disposer les cartes en rangs sur la table. Le train s'arrête encore une fois dans une grande gare, et il lui demande s'ils sont arrivés. Non. Elle lui a donné le jeu de cartes, et il s'amuse à les trier selon les couleurs. Pique. Carreau. Trèfle. Cœur. Elle lui dit qu'il est temps d'aller chercher les valises. Ils reprennent le couloir des wagons en sens inverse, et elle le tient tantôt par le cou, tantôt par le bras. Les couloirs et les compartiments sont vides. Elle dit que tous les voyageurs sont descendus avant eux. Un train fantôme. Ils retrouvent leurs valises à la même place au début du wagon. Il fait nuit et ils sont sur le quai désert d'une toute petite gare. Ils suivent une allée qui longe la voie ferrée. Elle s'arrête devant une porte creusée dans un mur d'enceinte et elle sort une clé de son sac à main. Ils descendent un chemin dans l'obscurité. Une grande maison blanche dont les fenêtres sont allumées. Ils entrent dans une pièce éclairée très fort et au dallage noir et blanc. Mais, dans sa mémoire, cette maison se confond avec celle de Saint-Leu-la-Forêt, sans doute à cause du peu de temps qu'il y a passé avec Annie. Ainsi, la chambre où il dormait là-bas lui semble identique à celle de Saint-Leu-la-Forêt.

Vingt ans plus tard, il se trouvait sur la Côte d'Azur et il avait cru reconnaître la petite gare et l'allée qu'ils avaient suivie entre la voie ferrée et les murs d'enceinte des maisons. Èze-sur-Mer. Il avait même posé des questions à un homme aux cheveux gris qui tenait un restaurant sur la plage. « Ça doit être l'ancienne villa Embiricos au cap Estel... » Il avait noté le nom à tout hasard, mais quand l'homme ajouta : « Un monsieur Vincent l'avait achetée pendant la guerre. Puis elle a été mise sous séquestre. Maintenant, ils l'ont transformée en hôtel », il prit peur. Non, il ne reviendrait pas sur les lieux pour les reconnaître. Il craignait trop que le chagrin, enfoui jusque-là, ne se propage à travers les années comme le long d'un cordon Bickford.

Ils ne vont jamais à la plage. L'après-midi, ils restent dans le jardin, d'où l'on voit la mer. Elle a trouvé une voiture dans le garage de la maison, une voiture plus grande que celle de Saint-Leu-la-Forêt. Le soir, elle l'emmène dîner au restaurant. Ils suivent la route de la Corniche. C'est avec cette voiture, lui dit-elle, qu'ils passeront « la frontière » et qu'ils iront jusqu'à « Rome ». Le dernier jour, elle quittait souvent le jardin pour téléphoner et elle paraissait inquiète. Ils sont assis l'un en face de l'autre sous une véranda, et il la regarde faire une réussite. Elle penche la tête et elle plisse le front.

145

Elle a l'air de beaucoup réfléchir avant de poser une carte à la suite des autres, mais il remarque une larme qui glisse sur sa joue, si petite qu'on la voit à peine, comme ce jour, à Saint-Leu-la-Forêt, où il était dans la voiture à côté d'elle. La nuit, elle téléphone dans la chambre voisine, il n'entend que le son de sa voix et pas les paroles. Le matin, il est réveillé par les rayons du soleil qui pénètrent dans sa chambre à travers les rideaux et font des taches orange sur le mur. Au début, ce n'est presque rien, le crissement des pneus sur le gravier, un bruit de moteur qui s'éloigne, et il vous faut un peu de temps encore pour vous rendre compte qu'il ne reste plus que vous dans la maison.

DANS LE CAFÉ DE LA JEUNESSE PERDUE, *roman* (« Folio », *n° 4834*).

L'HORIZON, *roman* (« Folio », *n° 5327*).

L'HERBE DES NUITS, *roman* (« Folio », *n° 5775*).

28 PARADIS, 28 ENFERS, *avec Marie Modiano et Dominique Zehrfuss* (« Le Cabinet des Lettrés »).

ROMANS (« Quarto »).

En collaboration avec Louis Malle

LACOMBE LUCIEN, *scénario* (« Folioplus classiques », *n° 147*, dossier par Olivier Rocheteau et lecture d'image par Olivier Tomasini).

En collaboration avec Sempé

CATHERINE CERTITUDE. *Illustrations de Sempé* (« Folio », *n° 4298*; « Folio Junior », *n° 600*).

Dans la collection « Écoutez lire »

LA PETITE BIJOU (3 CD)

DORA BRUDER (2 CD)

UN PEDIGREE (2 CD)

Aux Éditions P.O.L

MEMORY LANE, en collaboration avec Pierre Le-Tan.

POUPÉE BLONDE, en collaboration avec Pierre Le-Tan.

Aux Éditions du Seuil

REMISE DE PEINE.

FLEURS DE RUINE.

CHIEN DE PRINTEMPS.

Aux Éditions Hoëbeke

PARIS TENDRESSE, *photographies de Brassaï*.

Aux Éditions Albin Michel

ELLE S'APPELAIT FRANÇOISE..., en collaboration avec Catherine Deneuve.

Aux Éditions du Mercure de France

ÉPHÉMÉRIDE (« Le Petit Mercure »).

Aux Éditions de L'Acacia

DIEU PREND-IL SOIN DES BŒUFS ?, en collaboration avec Gérard Garouste.

Aux Éditions de L'Olivier

28 PARADIS, en collaboration avec Dominique Zehrfuss.

Ouvrage composé par PCA/CMB Graphic.
Achevé d'imprimer
sur Roto-Page
par l'Imprimerie Floch
à Mayenne, le 14 novembre 2014.
Dépôt légal : novembre 2014.
1ᵉʳ dépôt légal : août 2014.
Numéro d'imprimeur : 87638.

ISBN 978-2-07-014693-2 / Imprimé en France.

280483